Elisa Lark

Unterm Herbstlaub zur Ruh gebettet

Provinzkrimi

Kurzbeschreibung

Karl wird zu einem Einsatz gerufen. Am Tatort wurde eine Leiche mit eingeschlagenem Schädel gefunden. Zur Tarnung wurde sie mit Laub bedeckt und als der Verdacht naheliegt, dass der Mann beim Holzstehlen erwischt wurde, stellt sich die Frage, wo sein Transportmittel geblieben ist. Er hatte ja wohl kaum vor, das Brennholz nach Hause zu tragen.

Dann bleibt da noch eine rätselhafte Zielscheibe, die am Baum direkt neben dem Tatort angebracht wurde. Doch darauf wurde nicht mit Pfeil und Bogen geschossen. Es sieht vielmehr danach aus, als wäre die Zielscheibe genau von der Waffe getroffen worden, mit der auch das Opfer getötet wurde.

1. Kapitel

19. November, nachmittags halb zwei in Niederhaibach

Als ich die Haustür öffne, bleibe ich kurz stehen und ziehe tief die Luft ein. Durch das ganze Haus zieht ein köstlicher Plätzchenduft. Verwundert runzle ich die Stirn und gehe in die Küche, wo meine Frau tatsächlich am Esstisch sitzt und ihre selbstgebackenen Plätzchen verziert.

„Du hast schon mit dem Plätzchenbacken angefangen?“, frage ich sie überrascht. „Normalerweise machst du das doch immer erst am Buß- und Bettag.“

Jedes Jahr zur selben Zeit beginnt meine Rosi damit ihre zwanzig bis dreißig Sorten Plätzchen zu backen. Sie macht sich da immer eine Heidenarbeit und auch ich werde da manchmal eingespannt.

„Da habe ich dieses Jahr ein Treffen mit ein paar Freundinnen“, erwidert sie. „Und heute habe ich Zeit, darum dachte ich, ich fange schonmal an.“

Vermutlich ist bei ihrem Treffen am Buß- und Bettag auch das Thema, wer schon alles mit dem Backen angefangen hat. Die Frauen im Dorf versuchen sich natürlich auch jedes Jahr aufs Neue zu übertrumpfen, wer die meisten und besten Plätzchen gebacken hat. Daher macht meine Frau auch nicht die einfachen Plätzchen, die man nur schneidet und aufspritzt. Bei ihr gibt es Sorten, die man mindestens dreimal in die Hand nehmen muss. Erst den Teig ausstechen, dann die einzelnen Plätzchen zusammenkleben und anschließend auch noch verzieren. Das versteht meine Frau unter einfachen Plätzchen. Sie macht aber auch immer welche, bei denen noch eine Schicht Marzipan dazwischen geklebt wird, oder die man zuerst zusammenklebt, dann mit Schokolade bestreicht und anschließend nochmal mit Nüssen oder dergleichen verziert.

Nicht, dass ich mich beschweren möchte, immerhin liebe ich ihre Plätzchen. Nur leider bekomme ich davon die letzten Jahre nur wenige ab, weil die ja nicht gerade in die gesunde Ernährung passen. Die meisten davon verschenkt sie, was ich ja überhaupt nicht verstehen kann. So einen Haufen Arbeit dafür, dass man sie anderen schenkt!

„Sie riechen jedenfalls ganz köstlich“, schwärme ich.

„Du kannst gerne schon eins probieren, sie sind aber noch nicht fertig verziert“, bietet meine Frau mir überraschenderweise an.

„Das macht nichts, auf die Deko kann ich verzichten“, erwidere ich und greife beherzt zu.

Ich schiebe mir das Plätzchen auf einmal in den Mund, was bei den Plätzchen meiner Frau nicht schwer ist, denn sie macht immer ganz kleine.

„Boah, die sind so gut“, schwärme ich und als ich nach einem weiteren greife, wirft sie mir einen tadelnden Blick zu.

„Eins genügt“, sagt sie mahnend.

„Eins ist keins“, entgegne ich, mit einem flehenden Blick.

Ich stoße seufzend den Atem aus, als sie den Kopf schüttelt und mir ein weiters Plätzchen verwehrt.

„Ich setze mal Kaffee auf“, sage ich und wende mich ab.

Wenn ich nämlich weiterhin die leckeren Plätzchen ansehen muss, dann werde ich sicherlich nicht länger widerstehen können und mir noch ein paar davon einverleiben.

„In der Speisekammer steht ein Marmorkuchen.“

„Du hast heute auch noch einen Kuchen gebacken?“, frage ich meine Frau ungläubig. „Wann hast du das denn noch gemacht?“

„Ach, so ein Marmorkuchen ist ja gleich zusammengerührt und der Ofen war sowieso schon heiß“, winkt sie ab. „Außerdem kommt gleich noch die Gudrun zum Kaffeetrinken vorbei.“

Manchmal frage ich mich wirklich, ob meine Frau menschlich, oder ein Roboter ist. Sie hat wahrlich Superkräfte, zumindest wenn es um den Haushalt geht. Während Rosi ihre Plätzchen auf der

Küchenarbeitsplatte zum Trocknen abstellt, gehe ich in die Speisekammer, um den Kuchen zu holen.

Im Regal steht eine Plätzchendose. Natürlich siegt meine Neugierde und ich werfe einen Blick hinein. Überrascht stelle ich fest, dass meine Frau schon mehr als die soeben verkostete Sorte Plätzchen gebacken hat. Da sind schon zwei fertige Sorten drin und ich kann mich nicht daran hindern, jeweils eins pro Sorte zu probieren. Da darf ich mich aber nicht erwischen lassen, daher kaue ich sie zügig und schlucke sie hinunter.

Anschließend nehme ich die Kuchenbox aus dem Regal und verlasse damit die Speisekammer. Als ich sie auf den Küchentisch stelle, wende ich mich an meine Frau.

„Sag mal, wann hast du denn die Plätzchen in der Speisekammer gemacht?"

„Die habe ich auch heute gemacht", antwortet sie.

Ich schüttle den Kopf.

„Du bist wirklich der Wahnsinn."

„Wegen einer Sorte rentiert es sich ja gar nicht anzufangen", erwidert sie schulterzuckend.

„Die meisten würden für drei Sorten Plätzchen vermutlich mehr als drei Tage brauchen", sage ich und hole das Kaffeegeschirr aus dem Schrank. „Ich würde es selbst in vier Wochen nicht schaffen, zumindest wären sie vermutlich nicht genießbar.

„Du bist eben besser bei der Verbrecherjagd", entgegnet Rosi schmunzelnd.

Während Rosi im Schnellverfahren die Küche von den Spuren des Plätzchenbackens säubert, decke ich den Kaffeetisch fertig und hole die Milch aus dem Kühlschrank. Als wäre Gudrun vom Kaffeeduft angelockt, klingelt es auch schon an der Tür.

„Ich mach schon auf", biete ich großzügig an.

Immerhin bekomme ich aufgrund unseres Besuchs auch ein Stück Kuchen ab. Ansonsten hätte ich mich vermutlich mit den Energiebällen begnügen müssen, die Rosi neuerdings macht. Eine Art Müsli in Pralinenform, deren Aussehen einem ganz schön hinters Licht führen. Sie schmecken nämlich absolut nicht wie Pralinen.

Als ich die Haustüre öffne, begrüße ich Gudrun und bitte sie herein. Sie kennt sich bei uns aus und geht in die Küche, gleich nachdem sie ihre Schuhe ausgezogen hat.

„Hast du etwa schon Plätzchen gebacken?", fragt sie überrascht, als sie diese auf der Arbeitsplatte stehen sieht.

„Ja, wir sind doch am Buß- und Bettag bei der Hildegard und heute ist das Wetter eh nicht so toll, da habe ich schon mal mit dem Backen angefangen."

„Ach, wenn ich an die ganze Arbeit denke, die diese Weihnachtsbäckerei mit sich bringt, dann graust es mir schon wieder", seufzt Gudrun.

„Du musst ja keine backen, die gibt es ja auch zu kaufen", werfe ich ein, woraufhin sie mich belächelt.

„Das kann auch nur ein Mann sagen“, erwidert sie. „Das Plätzchenbacken gehört einfach dazu und die Gekauften mag doch keiner.“

„Also ich finde die auch nicht schlecht.“

Die Worte haben meinen Mund noch nicht richtig verlassen, da wird mir klar, dass ich mich gerade in Teufelsküche bringe. Erstens, weil sich dadurch meine Frau sicherlich auf den Schlips getreten fühlt und zweitens, weil ich dadurch gestehe, dass ich das ein oder andere Mal auch Plätzchen beim Bäcker kaufe. Aber was soll ich denn auch machen, wenn Rosi mich dahingehend an der kurzen Leine hält und ich täglich maximal zwei Plätzchen bekomme.

„Das sagen zumindest die Kollegen auf dem Revier immer“, werfe ich daher schnell ein. „Da sind viele dabei, die nicht mehr selbst backen, sondern nur noch welche kaufen.“

„Bei den Preisen!“, ruft Gudrun und fasst sich an die Brust.

Sie tut gerade so, als würde der Bäcker ein kleines Vermögen verlangen. Dabei finde ich ihre Preise im Frisörsalon auch ganz schön geschmalzen. Aber da fange ich jetzt lieber keine Diskussion an, denn das könnte gewaltig nach hinten losgehen und ich will ja auf keinen Fall mein Stück Kuchen riskieren.

2. Kapitel

20. November, nachmittags halb zwei in Niederbach

Ich knie auf dem Boden im Garten und zupfe Unkraut aus den Beeten. Normalerweise macht das ja meine Frau, aber die hat sich den Knöchel verstaucht und kann kaum laufen. Heute Vormittag ist sie mir in den Ohren gelegen, dass heute einer der letzten schönen Tage sein könnte und sie dringend noch ihre Beete vor dem Winter auf Vordermann bringen muss, weil sie die in letzter Zeit etwas vernachlässigt hat.

Schließlich habe ich ihr angeboten, das für sie zu übernehmen, wenn sie mir Anweisungen gibt. Das macht sie nun auch ausführlich. Sie scheucht mich von einem Eck zum anderen und gibt mir Befehle.

„Da links neben dir ist noch was“, sagt sie und deutet in die Richtung.

Dort befindet sich ein winzig kleines Gewächs, das sich kaum lohnt auszureißen. Des lieben Friedens Willen tue ich ihr aber natürlich den Gefallen. Langsam schmerzen meine Knie und das obwohl Rosi mir eine Schaumstoffunterlage zum Knien gegeben hat.

Plötzlich höre ich ein vertrautes Geräusch und halte kurz inne, um die Ohren zu spitzen.

„Klingelt da das Telefon?“, frage ich meine Frau.

„Ach ja, lassen wir es klingeln“, entgegnet sie und winkt ab. „Wir können dann ja zurückrufen.“

Ich rapple mich auf.

„Ich muss nachsehen, ob es nicht vielleicht die Arbeit ist“, sage ich, als ich zum Haus gehe.

„Dir ist aber schon bewusst, dass du in Pension bist oder?“, ruft sie mir hinterher.

„Ich arbeite dennoch auf Abruf, wie du weißt“, erwidere ich über die Schulter zurück.

Eigentlich hoffe ich ja sogar, dass ich ins Revier gerufen werde. Immerhin würde ich somit der Gartenarbeit entgehen, wofür ich im Moment dankbar wäre. Meine Knie sind sowieso schon total lädiert.

Bis ich beim Telefon ankomme, ist das Läuten verstimmt. Ich werfe einen Blick auf das Display. Da ich keine Lesebrille trage, kann ich absolut nichts entziffern. Wie immer habe ich natürlich keine Ahnung, wo diese rumliegt. Daher mache ich mich auf die Suche.

Letztendlich finde ich sie auf dem Küchentisch, wo ich sie heute Morgen beim Zeitunglesen aufhatte. Ich setze sie auf und widme mich wieder dem Telefon in meiner Hand. Es dauert eine Weile, bis ich den richtigen Knopf finde, der mir schließlich zeigt, welche Nummer gerade angerufen hätte.

Da wir die wichtigsten Telefonnummern eingespeichert haben, steht der Name unseres Sohnes auf dem Display. Nicht, dass ich mich nicht über seinen Anruf freuen würde, aber das bedeutet ich muss mit der Gartenarbeit weitermachen. Ich nehme das Telefon mit in den Garten, denn wenn ich ihn ohne Beisein meiner Frau zurückrufe, bekomme ich vermutlich Ärger.

„Robert hat angerufen“, rufe ich ihr zu, während ich auf sie zugehe.

„Ich habe heute Vormittag versucht ihn zu erreichen. Gib mir das Telefon, dann rufe ich ihn gleich zurück!“

Sie nimmt mir das Telefon aus der Hand und kurz darauf spricht sie mit unserem Sohn. Ich habe keine Ahnung, warum Rosi unseren Sohn heute angerufen hat. Es dauert jedoch nicht lange, bis ich höre, wie sie Robert und seine Familie am Sonntag zum Mittagessen einlädt. Ich wusste zwar nichts von ihrem Vorhaben, freue mich aber schon sehr auf ihren Besuch. Nicht nur, weil meine Frau dann immer besonders üppig und lecker aufkocht, sondern weil es schon über drei Wochen her ist, dass sie hier waren.

Meine Frau beendet das Gespräch.

„Robert kommt uns mit der Familie am Sonntag besuchen“, informiert sie mich.

„Das freut mich“, erwidere ich.

„Aber mit diesem Fuß brauche ich deine Hilfe beim Kochen.“

Sie wirft einen missmutigen Blick auf ihren Knöchel und seufzt.

„Dann gehen wir doch einfach mit ihnen zum Essen“, schlage ich vor.

„Das ist doch so unpersönlich und außerdem hat sich Robert Jägerschnitzel mit Spätzle gewünscht“, erwidert sie.

Unser Sohn kann sich also wünschen, was es bei uns zu essen gibt, wenn er uns besucht. Wenn ich Essenswünsche äußere, werden diese einfach ignoriert. Aber so war das schon immer. Meine Frau hat unseren Sohn nach Strich und Faden verwöhnt. Vermutlich ist das bei Einzelkindern öfter der Fall.

Wenn ich mir allerdings vorstelle, dass ich am Sonntag Schnitzel mit Spätzle und Schwammerlsoße machen soll, dann bezweifle ich stark, dass es genießbar wird. Da wird mir vermutlich nicht mal die Anleitung meiner Frau helfen.

„Aber ich krieg das niemals hin“, warne ich sie.

„Ich habe nur einen verstauchten Knöchel“, erwidert sie. „Du musst nur meinen Laufburschen machen und dich genau an meine Anweisungen halten.“

„Na da bin ich ja mal gespannt“, entgegne ich.

„Aber jetzt musst du erst einmal das Beet fertigmachen!“

Sie deutet mit ihrem Kinn auf den Boden, wo mein Kniekissen liegt und auf mich wartet. Das bleibt mir jetzt wohl nicht erspart. Daher knie ich mich wieder hin und zupfe weiter das Unkraut aus.

„Und dann gehört noch das Laub zusammengerecht und in die Gartenecke auf einen Haufen gelegt, damit die Igel sich dort verkriechen können“, hängt sie dann noch dran.

Wie es aussieht wird das noch ein langer Tag.

Als das Telefon erneut klingelt, hält Rosi es noch in der Hand. Sie wirft einen Blick auf das Display und kneift dabei die Augen zusammen. Sie streckt den Arm aus, um von weitem lesen zu können, wer anruft. Sie hat auch Probleme mit den Augen aber nicht so stark wie ich.

„Das ist das Revier“, sagt sie, bevor sie das Gespräch annimmt.

Jetzt habe ich mich gerade erst hingekniet und nun muss ich mich wieder aufrappeln.

„Servus Hansi, wie geht es dir denn?“, sagt Rosi gutgelaunt.

Sie muss ja hier nicht buckeln und die ganze Gartenarbeit erledigen.

„Ja, der ist da. Einen Moment, ich gebe ihn dir.“

Rosi hält mir das Telefon entgegen und als ich endlich aufrecht stehe, nehme ich es entgegen.

„Hansi, was gibt´s?“, frage ich ihn.

„Wie sieht´s denn bei dir aus?“, fragt er. „Hast du Zeit einen Mord aufzuklären?“

„Natürlich, worum geht es denn?“, erwidere ich.

„Es geht um ein Mordopfer, dem man den Kopf eingeschlagen hat und anschließend unter einem Laubhaufen versteckt hat“, erklärt er.

Instinktiv sehe ich zu unseren Obstbäumen, unter dem das abgefallene Laub liegt, welches ich eigentlich noch zusammenrechen sollte.

„Ich mache mich gleich auf den Weg“, erwidere ich, bevor ich das Gespräch beende.

Mit einem Schulterzucken sehe ich Rosi entschuldigend an.

„Tut mir leid, der Garten muss wohl warten.“

Ich schaffe es tatsächlich, dass es so klingt, als würde ich diese Entwicklung bedauern. Dabei ist es vielmehr so, dass ich erleichtert bin, der restlichen Gartenarbeit zu entgehen. Oder sie zumindest aufzuschieben. Das gebe ich Rosi gegenüber natürlich nicht zu.

Sie wirft mir einen wissenden Blick zu.

„Ich weiß, das tut dir ganz schrecklich leid“, erwidert sie mit hochgezogener Braue.

Kurz zwinkere ich ihr noch zu, bevor ich noch alle Utensilien in die Garage räume und mich auf den Weg mache.

3. Kapitel

20. November, nachmittags halb vier in der Nähe von Straubing

Der Tatort befindet sich in einem Waldstück in der Nähe von Straubing. Als ich dort ankomme, sind schon alle Einsatzkräfte versammelt. Der Rudi kniet am Boden neben der Leiche und meine Kollegen stehen daneben und sehen ihm bei der Arbeit zu.

„Servus miteinander", begrüße ich sie.

„Da bist du ja Karl", entgegnet Simone.

Ich werfe einen Blick auf das Opfer, welches gerade von Rudi untersucht wird. Es befindet sich viel Blut unter dem Kopf der Leiche, die auf dem Rücken am Boden liegt.

„Wissen wir schon, mit was ihm der Schädel eingeschlagen wurde?", frage ich.

„Anhand der Wunde kann ich sagen, dass es eine massive Waffe mit einer langen Klinge war, die definitiv nach hinten breiter wurde", erklärt Rudi.

„Hast du auch ein Beispiel für so eine Waffe, dass man sich das besser vorstellen könnte?", hake ich nach.

„Ich tippe auf eine Axt, aber um es sicher sagen zu können, muss ich das Opfer erst genauer untersuchen“, antwortet er.

Ich sehe mich um, denn direkt neben der Leiche befindet sich ein großer Stapel Holz. Es ist zwar noch nicht ofenfertig, aber zumindest ist es schon in etwa ein Meter lange Scheite gespalten. Man müsste es also nur noch in Stücke schneiden, dann könnte man es schon heizen. Wie es aussieht liegt das Holz hier schon länger und wurde durch eine Abdeckung geschützt, so dass es auch schon getrocknet ist.

Daneben an einem Baum hängt eine große Holzscheibe, die mit rot-weißen Ringen bemalt wurde. Dabei handelt es sich definitiv um eine Zielscheibe. Ich gehe näher ran und nehme die Zielscheibe genauer in Augenschein.

„Seht euch mal diese Scheibe an!“, sage ich zu meinen Kollegen. „Darauf wurde nicht mit Pfeil und Bogen geschossen.“

Nun kommen auch Hansi und Simone zu mir. Simone streicht bedächtig über eine der Rillen, die in der Zielscheibe durch eine Waffe hinterlassen wurde. Natürlich trägt sie dabei Handschuhe, denn Simone würde bei der Spurensicherung niemals einen Fehler machen.

„Die Spuren könnten doch von einer Axt stammen“, murmelt Simone.

„Vielleicht steckte ja die Tatwaffe hier drin“, wirft Hansi ein.

„Du meinst der Täter hat hier mit einer Axt geworfen und aus Versehen das Opfer getroffen?“, fragt Simone und zieht dabei zweifelnd die Augenbrauen in die Stirn.

„Ich kann mir nicht vorstellen, dass jemand mit einer Axt versehentlich einen anderen tötet“, gebe ich zu bedenken.

„Das glaube ich auch nicht“, stimmt Simone mir zu.

„Nicht aus Versehen. Aber es könnte doch sein, dass der Axtwerfer hier geübt hat und mit dem Opfer einen Streit hatte“, sagt Hansi. „Oder er hat ihn hier direkt abgepasst.“

„Rudi, kannst du mal herschauen, ob das hier von der Tatwaffe stammen könnte?“, fragt Simone und sieht zu ihm hinüber.

Er rappelt sich auf und folgt Simones Bitte. Dabei schiebt er sich seine Brille zurecht und kommt auf uns zu. Mit zusammengekniffenen Augen nimmt er die Zielscheibe in Augenschein.

„Gut möglich, dass die Tatwaffe solche Kerben im Holz hinterlässt“, sagt er schließlich.

„Vielleicht liegt die Waffe hier ja noch irgendwo rum“, murmelt Hansi.

Wir helfen den Kollegen der Spusi bei der Suche, immerhin ist der Wald sehr groß und keiner weiß, ob der Täter die Tatwaffe hier irgendwo entsorgt hat, auch wenn diese Möglichkeit eher unwahrscheinlich ist. Die meisten Mörder nehmen die Tatwaffen mit und entsorgen sie an einer Stelle, die nichts mit dem Tatort zu tun hat, um ihre Spuren zu verwischen.

Wir schaffen es mit vereinten Kräften bis Einbruch der Dunkelheit den Großteil der Umgebung abzusuchen. Die Kollegen sperren das gesamte Gebiet ab, bevor wir den Tatort verlassen.

Ich verabschiede mich von meinen Kollegen, nachdem wir mit Rudi für morgen Vormittag einen Termin vereinbart haben. Bis dahin sollte er seine Untersuchung abgeschlossen haben, oder zumindest soweit sein, dass er erste Ergebnisse für uns hat. Außerdem sollten bis dahin auch die Personalien unseres Opfers bekannt sein.

Nachdem ich einen letzten Blick auf den Plastiksarg werfe, in dem das Opfer abtransportiert wird, gehe ich zu meinem Auto. Dabei denke ich über den Mord nach. Ich schätze unser Opfer auf etwa fünfunddreißig. Der Mann stand in der Blüte seines Lebens und wurde so grausam aus dem Leben gerissen.

Doch was hat ihn hierhergeführt?

Warum hatte er nichts dabei, mal abgesehen von den Klamotten, die er am Leib trug?

Wie ist er hergekommen?

Das Wäldchen liegt ziemlich abseits und ich frage mich, ob er den Weg tatsächlich zu Fuß zurückgelegt hat. Den Todeszeitpunkt schätzte Rudi auf heute Morgen oder Vormittag. Ob der Mann vielleicht der

Eigentümer des Brennholzes war. Immerhin war die Plane an einer Seite zurückgeschlagen und es sieht so aus, als hätte jemand ein paar Scheite entwendet.

Doch das hätte er sicherlich nicht mit der Hand nach Hause getragen. Das geht nur mit passendem Gerät, oder zumindest einem Auto mit Anhänger. Aber das müsste dann ja irgendwo hier stehen. Allerdings fehlt ein Transportmittel genauso wie die Tatwaffe.

Vielleicht hat ja der Täter das alles mitgenommen, um seine Spuren zu verwischen. Alle meine Vermutungen bringen uns jedoch im Moment nicht weiter. Uns bleibt wohl nichts anderes übrig, als abzuwarten, was die Spurensicherung und Rudis Untersuchungen ergeben.

Ich fahre nach Hause und als ich in die Küche komme, sieht Rosi hoch.

„Jetzt bist du der Gartenarbeit wieder ausgekommen“, sagt sie vorwurfsvoll.

„Ich würde jetzt nicht ausgekommen sagen, denn ich werde das sicherlich noch nachholen müssen“, erwidere ich und zwinkere ihr zu.

„Das machen wir gleich morgen“, entgegnet sie.

„Morgen kann ich nicht und vermutlich auch nicht übermorgen. Wir haben einen neuen Mordfall und da muss ich in nächster Zeit ermitteln.“

„Was ist denn passiert?“, hakt sie nach.

„Ein junger Mann ist mit einer Axt erschlagen worden“, erzähle ich ihr.

„Oh mein Gott, das ist ja schrecklich“, ruft sie aufgebracht und legt ihre Hand auf die Brust. „Kennen wir den Mann?“

„Nein, ich habe ihn noch nie zuvor gesehen“, antworte ich ihr.

„Zumindest das“, erwidert sie. „Auch wenn es nicht richtig ist, weil schließlich jeder Tod schrecklich ist, bin ich immer wieder erleichtert, wenn die Mordopfer mir nicht bekannt sein.“

„Ich weiß“, nicke ich. „Mir geht es genauso.“

Rosi wendet sich wieder ihrer Arbeit zu. Sie schnippelt Karotten, Lauch und Sellerie klein, während ein Topf auf dem Ofen steht.

„Was gibt es denn zu essen?“, frage ich sie, denn mein Magen knurrt schon.

„Ich habe noch übrige Pfannkuchen von gestern, die verarbeite ich gerade zu einer Suppe“, antwortet sie.

Es ist ja nicht so, dass ich keine Pfannkuchensuppe mögen würde, allerdings fehlt mir da ein bisschen die fleischige Einlage. Als ich mich in der Küche umsehe, fällt mir auch nicht auf, dass sich irgendwo Spuren von Würstchen, Leberspätzle oder dergleichen befinden würde.

„Soll ich noch ein paar Wiener oder so kleinschneiden?“, frage ich sie und ernte einen wissenden Blick von ihr.

„Reichen dir etwa die Pfannkuchen nicht als Suppeneinlage?“, entgegnet sie vorwurfsvoll.

„Doch natürlich, aber eine zweite Einlage wäre vielleicht noch gut“, erwidere ich mit einer Unschuldsmiene.

„Im Kühlschrank sind noch zwei Wollwürste, die kannst du in Scheiben schneiden.“

Das ist doch mal eine gute Nachricht. Ich liebe Wollwürste, egal ob angebraten oder als Suppeneinlage.

4. Kapitel

21. November, vormittags halb elf in Straubing

Als ich im Revier ankomme, werde ich von Simone und Hansi schon erwartet.

„Und, gibt es schon Ergebnisse?“, frage ich nach einer kurzen Begrüßung.

„Wir wissen auch noch nichts“, antwortet Simone. „Die Kollegen der Spusi sind noch nicht fertig und bei Rudi schauen wir jetzt gleich vorbei.“

„Also wegen mir können wir sofort los“, schlage ich vor, woraufhin meine Kollegen aufstehen und wir uns gleich auf den Weg machen.

Kurz darauf kommen wir bei Rudi an, der noch in seinem Untersuchungsraum bei der Leiche steht. Offensichtlich war die Zeit etwas knapp bemessen, denn wie es scheint ist er mit seiner Untersuchung noch nicht fertig.

„Servus Rudi, sind wir zu früh?“, begrüße ich ihn.

„Nein, schon gut. Ich bin gerade mit der Untersuchung fertig“, erwidert er.

„Na dann schieß mal los!“, fordere ich ihn auf.

„Der Wunde nach zu urteilen, war es höchstwahrscheinlich eine Axt. Im Schädelknochen habe ich auch Metallrückstände feststellen können, die auch auf der Holzzielscheibe in den Spalten waren“, erklärt er.

„Das bedeutet die Tatwaffe steckte auch schob einmal in der Zielscheibe?“, hakt Simone nach.

„Nicht nur einmal“, stimmt Rudi zu.

„Dann steckte die Axt vielleicht sogar in der Zielscheibe, kurz bevor unser Opfer damit erschlagen wurde“, wirft Hansi ein.

„Das ist gut möglich“, nickt Rudi.

„Hast du sonst noch Spuren gefunden, die einen Hinweis auf den Täter geben?“, frage ich ihn.

Er schüttelt den Kopf.

„Da waren sonst keine fremden DNA-Spuren. Allerdings habe ich in der Fingerkuppe des Mittelfingers unseres Opfers einen Holzsplitter gefunden, der von dem Scheitholz stammt, welches direkt neben dem Tatort gelagert wird.“

„Also hat unser Opfer dort mit dem Holz hantiert“, stelle ich nachdenklich fest.

„Vielleicht ist es sein Holz und er hat es aufgerichtet“, vermutet Simone.

„Nein, das Holz liegt dort schon länger. Es ist fast trocken. Ich gehe vielmehr davon aus, dass er dort war, um das Holz abzuholen.“

Bei meinen Worten sieht Hansi mich mit gerunzelter Stirn an.

„Aber der hätte doch das Holz nicht mit den Händen nach Hause tragen können“, entgegnet er.

„Darum gehe ich auch davon aus, dass er mit einem Fahrzeug dort war."

„Aber das müsste dann ja irgendwo abgeblieben sein", wirft Simone ein.

„Vielleicht hat es der Täter mitgenommen", sage ich schulterzuckend, weil ich im Moment sonst keine Erklärung dafür habe.

„Nach deiner Theorie war unser Opfer entweder der Eigentümer des Holzstapels oder ein Dieb, der das Holz stehlen wollte", fasst Simone folgerichtig zusammen.

„Dann finden wir als erstes heraus, wer der Eigentümer dieses Holzstapels ist", schlage ich vor.

Wir bedanken uns bei Rudi und verlassen die Gerichtsmedizin.

Als wir kurz darauf wieder zurück in unserem Büro sind, machen wir uns gleich an die Arbeit. Mittlerweile wissen wir auch schon mehr über unser Opfer. Sein Name ist Simon Hainbucher, er ist 35 Jahre alt, verheiratet und hat drei Kinder. Seine Frau war heute Morgen schon bei uns auf dem Revier und wollte eine Vermisstenanzeige aufgeben. Dabei hat sie die Leiche ihres Mannes gleich identifiziert und ich bin wirklich froh, dass ich da nicht dabei war.

Es muss schrecklich für die junge Frau gewesen sein, vom Tod ihres Mannes zu erfahren. Jetzt steht sie mit ihren drei kleinen Kindern alleine da.

„Wir könnten einfach die Ehefrau fragen, ob ihrer Familie das Holz gehört“, schlägt Hansi vor.

„Das bekommen wir auch anders heraus, oder möchtest du wegen so einer Frage eine trauernde Witwe befragen?“, erwidert Simone.

„Früher oder später müssen wir nochmal mit der Ehefrau sprechen“, entgegnet Hansi.

„Natürlich, aber lassen wir ihr doch noch etwas Zeit, um den schrecklichen Schicksalsschlag zu verkraften.“

Zustimmend nicke ich bei Simones Aussage.

„Wir klären zuerst, ob unser Opfer Eigentümer oder Dieb war.“

Simone beginnt sofort damit auf ihrer Tastatur zu tippen und so zügig wie gewohnt hat sie auch schon die ersten Ergebnisse parat. Sie ergreift den Telefonhörer und wählt eine Nummer. Kurz darauf stellt sie sich vor und bringt das Anliegen ihres Anrufs vor.

Offensichtlich telefoniert sie mit dem Grundbuchamt und erbittet die Auskunft über den Eigentümernamen des Holzgrundstücks, auf dem der Holzstapel lagert. Wie erwartet ist er nicht gewillt uns die Daten einfach so auszuhändigen. In Zeiten des Datenschutzes ist das nicht mehr so einfach wie früher.

„Ich schicke Ihnen die Anfrage natürlich auch gerne per E-Mail. Allerdings hätte ich die Bitte, dass Sie diese gleich bearbeiten und mir die Information entweder telefonisch oder per Mail zukommen lassen“, sagt Simone zu ihrem telefonischen Gesprächspartner und rollt dabei genervt mit den Augen.

Als sie das Gespräch schließlich beendet und den Hörer mit einem tiefen Seufzen auflegt, schüttelt sie den Kopf.

„Jetzt bin ich ja mal gespannt, was bei dem Beamten des Grundbuchamts eine zügige Bearbeitung bedeutet“, sagt sie zynisch.

Anschließend tippt sie auf ihrer Tastatur. Sie bereitet wohl die E-Mail für das Grundbuchamt vor, um so schnell wie möglich an die benötigten Informationen zu kommen. Mit einer ausladenden Geste betont sie die Versendung der E-Mail.

„Mal sehen wie schnell wir eine Antwort erhalten“, brummt sie und zieht dabei ihre rechte Augenbraue in die Stirn.

„Ich bin ziemlich sicher, dass es vor dem Mittagessen nichts mehr wird“, erwidere ich, schließlich bin ich mir sehr wohl bewusst, dass Amtsmühlen langsam mahlen.

Abgesehen von denen der Polizei. Wir sind immer auf Zack.

„Das befürchte ich auch“, stöhnt Simone und lehnt sich in ihrem Schreibtischstuhl zurück.

„Apropos Mittagessen“, murmle ich. „Was essen wir denn?“

„Ich war gestern Abend noch beim Italiener und habe die riesige Pizza nicht geschafft. Den Rest habe ich heute dabei“, entgegnet Simone.

„Und wir zwei Hübschen?“, frage ich Hansi.

„Was schwebt dir denn vor?“, erwidert er.

„Das gibt es doch nicht“, ruft plötzlich Simone aus.

Überrascht sehe ich zu ihr.

„Was ist denn jetzt passiert?“, hake ich nach.

„Der Mann hat mir tatsächlich schon den Eigentümer geschrieben“, antwortet sie ungläubig.

„Der vom Grundbuchamt?“

Bei meiner Frage nickt Simone.

„Offensichtlich haben wir uns in ihm getäuscht.“

„Und, gehört das Holz dem Opfer?“, fragt Hansi.

„Nein, es gehört einem Josef Leinbichler“, antwortet sie.

„Dann sollten wir dem Mann mal einen Besuch abstatten“, schlägt Hansi vor.

„Vielleicht wirft er ja gerne mit seiner Axt auf eine Zielscheibe“, werfe ich ein.

5. Kapitel

21. November, mittags halb zwölf in der Nähe von Straubing

Wir kommen vor Herrn Josef Leinbichlers Haus an und ich bin mir nicht sicher, ob wir nicht zuerst etwas essen sollten. Wer weiß wie lange die Befragung dauern wird. Wenn sich das ganze hinzieht, dann verhungere ich vielleicht.

Meine Kollegen steuern jedoch geradewegs auf die Haustür von Herrn Leinbichler zu. Ich folge ihnen und verbeiße mir den Vorschlag für ein vorheriges Mittagessen. Außerdem bin ich ja auch neugierig, was der Eigentümer des Holzstapels zu dem grausamen Mord sagen wird.

Simone drückt den Klingelknopf und hat ihren Dienstausweis schon griffbereit. Kurz darauf wird die Tür geöffnet und ein Dame Mitte bis Ende fünfzig sieht uns fragend an. Während Hansi uns vorstellt, zeigt Simone ihren Dienstausweis vor.

„Wir würden Ihnen und Ihrem Mann gerne ein paar Fragen stellen“, sage ich zu ihr.

„Mein Mann ist draußen in der Scheune. Wenn Sie mir folgen, dann bringe ich Sie zu ihm“, schlägt sie vor.

Wir machen ihr den Weg vor der Haustüre frei, damit Frau Leinbichler vorgehen kann. Hinter dem Haus befindet sich ein Innenhof, umrahmt von einer Scheune und einer großen Halle. Frau Leinbichler geht auf die Scheune zu und wir folgen ihr. Dort steht das Tor weit offen und schon von Weitem höre ich eine Kreissäge.

In der Scheune wiederum befinden sich große leere Gitterboxen. Ganz vorne stehen zwei, die mit Brennholz gefüllt sind. Kleine, ofenfertige Scheite, die vermutlich schon trocken sind und daher auch gleich verheizt werden könnten, befinden sich darin.

„Josef", ruft Frau Leinbichler laut.

Als dieser sie nicht hört, wiederholt sie den Ruf mit etwas mehr Lautstärke. Endlich reagiert Herr Leinbichler und macht den Motor der Kreissäge aus. Das Sägeblatt dreht sich noch eine Weile, bis es immer langsamer wird und schließlich zum Stillstand kommt. Währenddessen wendet sich Herr Leinbichler seiner Frau zu.

„Die Leute sind von der Polizei und wollen mit uns reden", informiert sie ihn.

„Polizei?", fragt er überrascht. „Hast du denn was angestellt?"

Seine Frau rollt mit den Augen und schüttelt den Kopf.

Simone fragt das Ehepaar, ob ihnen der Holzstapel auf besagtem Grundstück gehört, was sie unisono bejahen.

„Sind Sie hier, weil Sie von uns Brennholz kaufen wollen?“, fragt Herr Leinbichler mit etwas Belustigung in der Stimme.

„Nein, deswegen sind wir nicht hier“, brummt Hansi und zeigt dadurch Herrn Leinbichler an, dass wir nicht zum Spaß hier sind.

„In der Nähe des Holzstapels befindet sich eine Holzzielscheibe. Gehört die auch Ihnen?“, fragt Simone die beiden.

„Nein, aber die hängt da schon eine ganze Weile“, antwortet er.

„Wer hat die dort aufgehängt?“, hake ich nach.

„Das weiß ich nicht“, erwidert er schulterzuckend.

„Aber das ist doch Ihr Grundstück“, wirft Simone stirnrunzelnd ein.

„Schon, aber das bedeutet nicht, dass ich dort Schmiere stehen muss, falls jemand eine Holzscheibe an einen Baum hängt.“

„Also wissen Sie nicht, wer in ihrem Wald diese Zielscheibe benutzt?“, fragt Simone und an ihrer Stimme lässt sich erkennen, dass sie ihm nicht so recht glauben will.

„Ich habe keine Ahnung und es ist mir auch egal“, sagt er und zuckt dabei seine Schultern, als würde er unser Interesse daran gar nicht verstehen.

„Was ist denn mit dieser Zielscheibe und was hat das mit unserem Holz zu tun?“, fragt Frau Leinbichler schließlich.

„Neben Ihrem Holzstapel, wurde eine Leiche gefunden, die mit Laub bedeckt wurde“, eröffnet ihnen Simone.

Offensichtlich haben die beiden tatsächlich noch nichts von dem Mord gehört, denn beide sehen uns mit geweiteten Augen ungläubig an, während ihr Kinn nach unten klappt. Wie es scheint gleicht man sich nach vielen Jahren Ehe doch irgendwie an, denn die Gesichtsausdrücke der beiden sind wirklich fast gleich.

„Wie … Was?“, stottert Frau Leinbichler nach kurzem Schweigen.

Man sieht ihr an, wie schockiert sie ist und auch Herr Leinbichler ist regelrecht in Schockstarre verfallen.

„Kennen Sie einen Herrn Simon Hainbucher?“, hake ich nach und gehe auf das Gestottere von Frau Leinbichler gar nicht weiter ein.

„Simon Hainbucher“, murmelt Herr Leinbichler. „Ja freile, der wohnt mit seiner Familie im Haus seines Großvaters. Die sind vor etwa fünf Jahren dort eingezogen.“

„Hat dieser Mann von Ihnen Holz gekauft?“

Bei meiner Frage nickt Herr Leinbichler.

„Ja, jedes Jahr hat er ein paar Ster gekauft.“

„Haben Sie ihm die geliefert?“

Er schüttelt den Kopf.

„Nein, die hat er mit seinem Autoanhänger geholt. Er ist ein paarmal hin und her gefahren, weil er sich das Geld für die Lieferung sparen wollte“, antwortet er.

„Ich glaube die Familie hat nicht so viel Geld“, wirft nun Frau Leinbichler ein, die noch immer völlig schockiert von der Nachricht zu sein scheint. „Die arme Frau und die Kinder erst.“

„Und heuer hat er noch kein Holz bei Ihnen gekauft oder zumindest bestellt?“, frage ich weiter nach.

Der Mann runzelt nachdenklich die Stirn und schüttelt dann den Kopf.

„Also bei mir nicht“, antwortet er schließlich, bevor er zu seiner Frau sieht. „Hat er bei dir angerufen?“

Auch Frau Leinbichler schüttelt den Kopf.

„Nein, bei mir hat er auch nichts bestellt, das hätte ich dir gesagt.“

„Wie ist er denn gestorben?“, fragt Herr Leinbichler.

„Er ist durch ein Verbrechen umgekommen, aber Genaueres kommunizieren wir erst nachdem die Ermittlungen abgeschlossen sind“, antwortet Hansi in einer übertriebenen, vornehmen Ausdrucksweise, wie ich sie bei ihm nur sehr selten höre.

Genau genommen habe ich ihn noch nie so geschwollen daherreden gehört, daher werfe ich ihm einen überraschten Blick zu. Hansi reckt sein Kinn und kommt sich offensichtlich überaus nobel vor. Ich muss mir ein Lachen verkneifen und beiße mir auf die Zunge, um nicht lauthals loszulegen.

„Dann wurde er ermordet?“, fragt Frau Leinbichler theatralisch und legt sich ihre Hand auf die Brust.

Ohne weiter auf ihre Frage einzugehen, stellen wir noch unsere übrigen Fragen. Die Leinbichlers versichern uns, dass sie nicht im Wald waren, und dort Scheite von dem Stapel Holz entfernt haben. Der Verdacht, dass unser Opfer vielleicht dort war, um Holz zu stehlen, bestätigt sich immer mehr.

„Wo waren Sie denn gestern Vormittag?“, frage ich die beiden, denn wenn wir ehrlich sind, wären sie die einzigen Geschädigten, wenn unser Verdacht des Diebstahls zutreffen sollte.

„Wir waren gestern Vormittag in der Stadt“, brummt Herr Leinbichler und scheint den Aufenthalt dort nicht sonderlich genossen zu haben.

„Unser Sohn heiratet in ein paar Wochen und da brauchen wir etwas Passendes zum Anziehen“, erklärt Frau Leinbichler.

„Und haben Sie etwas gefunden?“

Bei Simones Frage nickt sie zufrieden.

„Hätten Sie etwas dagegen uns den Einkaufsbeleg zu zeigen?“, hakt sie nach.

„Verdächtigen Sie etwa uns?“, ruft Herr Leinbichler aufgebracht.

„Bisher verdächtigen wir noch niemanden, aber wenn Sie uns den Beleg zeigen, dann können wir Sie auf jeden Fall schon als Täter ausschließen.

„Ich habe ihn im Haus“, erklärt sie, bevor sie die Scheune verlässt und wir ihr folgen.

6. Kapitel

21. November, nachmittags halb zwei in Straubing

Nun hat es für Hansi und mich doch nur schnell für eine Leberkässemmel gereicht, die wir uns kurz beim Metzger geholt haben und diese jetzt zurück im Revier genießen. Simone isst die Reste ihrer kalten Pizza, um die ich sie im Moment auch nicht gerade beneide.

„Jetzt müssen wir herausfinden, wer diese Zielscheibe angebracht hat", sagt Simone, bevor sie erneut von ihrem Pizzastück abbeißt.

„Sicherlich wollte unser Opfer das Holz stehlen und wurde von demjenigen, der dort seine Axtwürfe übte, überrascht. Vielleicht kam es ja zu einem Streit und dabei ist die Situation eskaliert."

Ich teile meinen Kollegen meine Gedankengänge mit und frage mich, ob sie diese teilen. Zustimmend nicken die beiden.

„Im Moment sieht es ganz danach aus", stimmt Hansi mir zu.

„Wir müssen auch noch mit der Ehefrau des Opfers sprechen. Das Opfer hat doch ganz sicher sein Auto und den Anhänger dabeigehabt und wenn der Täter dieses entwendet hat, dann müsste das doch der

Frau Hainbucher aufgefallen sein“, schlägt Simone vor.

„Sie hat bei der Befragung nichts darüber gesagt, dass ihr Auto gestohlen wurde oder?“, frage ich meine Kollegen.

Simone schüttelt den Kopf.

„Nein, ich habe den Bericht über die Aussage extra nochmal durchgelesen. Da steht nichts davon, dass die Ehefrau des Opfers auch das Auto vermisst und ihn auch als gestohlen gemeldet hat.“

„Vielleicht ist es ihr ja einfach noch nicht aufgefallen. Sie hat schließlich im Moment wirklich andere Probleme“, wirft Hansi ein.

„Jetzt können wir es nicht länger aufschieben“, seufzt Simone. „Wir müssen mit Frau Hainbucher reden.“

„Am besten wir bringen es schnellstmöglich hinter uns und fahren gleich zu ihr“, schlägt Hansi vor.

„Möchte noch jemand?“, fragt Simone und deutet auf ihr übriggebliebenes, kaltes Pizzastück.

Für gewöhnlich bin ich ja an allem interessiert, was man essen kann. Doch für kalte Pizza schlägt mein Herz nicht so stark. Außerdem habe ich gerade den guten Geschmack der Leberkässemmel, die ich soeben vertilgt habe, im Mund und den möchte ich mir jetzt nicht verderben.

Auch Hansi lehnt dankend ab bevor wir aufbrechen. Der Weg ist nicht weit und als wir bei der Ehefrau des Opfers ankommen, fällt mir gleich auf, dass es sich um ein Haus handelt, das schon etwas in die Jahre gekommen ist. Wie es scheint wurde auch noch nicht viel Geld in die Sanierung investiert.

Ich suche nach dem Klingelknopf, doch offensichtlich gibt es hier keine elektronische Klingel. Stattdessen befindet sich ein Eisenring an der Tür, mit dem man klopfen kann. Das mache ich auch und es dauert nicht lange, bis uns die Haustür geöffnet wird.

Frau Hainbucher steht mit rot unterlaufenen Augen vor uns und sieht dabei schrecklich traurig aus. Kein Wunder, immerhin trauert sie um ihren Ehemann, der ihr auf so grausame Weise genommen wurde.

„Guten Tag Frau Hainbucher, wir sind von der Kriminalpolizei Straubing und hätten noch ein paar Fragen, zum Tod Ihres Mannes“, stelle ich uns der Witwe vor.

„Sie meinem zum grausamen Mord an meinem Mann“, verbessert sie mich und eine Träne löst sich aus ihrem Augenwinkel.

Ohne auf eine Antwort von mir zu warten wendet sie sich ab und geht zurück ins Haus. Von dort hört man auch ein Kinderweinen und nachdem ich einen bedauernden Blick mit meinen Kollegen gewechselt habe, folgen wir der Frau ins Innere des Hauses.

Es ist ziemlich kühl hier drin und ich frage mich, ob unser Opfer nicht vielleicht einfach nur das Holz für das Heizen des Hauses benötigt hätte, damit seine Familie nicht frieren muss. Doch hier fehlt es noch an weit mehr, als nur Wärme. Das Haus hätte eine

Grundsanierung nötig. An der ein oder anderen Stelle kann man erkennen, dass die Familie auch schon bereits mit der Sanierung begonnen hat. Die Innentüren in dem Haus fehlen beispielsweise komplett. Ich gehe davon aus, dass sie die alten Türen entfernten, um Neue einzubauen.

Allerdings gehört dafür erst noch der Fußboden und zum Teil auch Decken und Wände saniert. Alles in Allem wäre hier eine ganze Menge Geld und Arbeitskraft nötig, um aus dieser Bruchbude ein Heim zu machen.

Als wir ins Wohnzimmer kommen, beugt sich Frau Hainbucher zu ihrem Kleinkind auf den Boden und nimmt es auf den Arm. Tröstend streicht sie ihm über den Kopf und beinahe umgehend hört ihr Kind auf zu weinen.

„Frau Hainbucher, wissen Sie was Ihr Ehemann in dem Waldstück gemacht hat?“, frage ich sie.

„Das habe ich doch schon Ihren Kollegen gesagt. Ich habe keine Ahnung. Vermutlich wollte er einfach ein bisschen spazieren gehen, um dabei den Kopf frei zu bekommen“, antwortet sie.

„Hatte er denn Probleme?“, hakt Simone nach.

„Mein Mann hat vor ein paar Wochen seinen Job verloren“, antwortet sie. „Seitdem hat er versucht eine neue Arbeit zu finden, doch alles was ihm angeboten wurde war schlecht bezahlt.“

„Kamen Sie denn mit dem Arbeitslosengeld um die Runden?“, frage ich nach.

Sie stößt zynisch den Atem aus.

„Wir kamen schon vorher geradeso mit dem Geld zurecht. Doch jetzt reicht es vorne und hinten nicht mehr.“

Sie schluchzt auf und vergräbt das Gesicht in ihren Händen.

„Besitzen Sie denn ein Auto?“

Bei Hansis Frage nickt sie.

„Auch einen Anhänger?“

Erneut nickt sie und sieht uns anschließend stirnrunzelnd an.

„Wieso?“, fragt sie nach kurzem Zögern.

„Ist Ihr Auto und der Hänger denn hier?“, hakt Simone weiter nach, ohne auf die Frage von Frau Hainbucher einzugehen.

„Ich denke das Auto steht in der Garage und der Anhänger hinter dem Haus“, antwortet sie sichtlich irritiert. „Ich fahre fast alles mit dem Fahrrad oder Bus, um Geld zu sparen.“

„Können wir mal nachsehen, ob das Auto da ist?“

Bei meiner Frage sieht sich mich an, als hätte ich nicht alle Tassen im Schrank. Nach kurzem Zögern zuckt sie schließlich mit der Schulter und nickt. Mit ihrem Kleinkind auf der Hüfte verlässt sie über den Flur das Haus und wir folgen ihr erneut. Neben dem Haus steht eine alte Garage, die mit einem maroden Holztor verschlossen ist.

Frau Hainbucher zerrt an dem großen Tor und da es sichtlich schwer zu öffnen ist, da das alte Holz sich sperrt, eilt Hansi ihr zur Hilfe.

„Lassen Sie mich das machen!“, sagt er zu ihr und sofort tritt sie beiseite.

Mit dem Kleinkind auf dem Arm hätte sie das Tor niemals aufbekommen, denn Hansi müht sich gerade damit ab. Dabei ist er ein Mann und kann beide Hände benutzen. Mit etwas Kraftanstrengung gelingt es ihm schließlich das Tor aufzuziehen und den Blick auf das Innere der alten Garage freizugeben.

„Nicht das auch noch“, schluchzt Frau Hainbucher. „Jetzt hat man uns auch noch das Auto gestohlen.“

7. Kapitel

21. November, nachmittags halb vier in Straubing

Zurück im Revier benachrichtigen wir die Kollegen über den Diebstahl. Nicht nur das Auto von unserem Opfer steht nicht in der Garage, wie von Frau Hainbucher angenommen, sondern auch der Anhänger steht nicht mehr hinter dem Haus der Familie.

Während Frau Hainbucher davon ausgeht, dass ihr das Auto und der Hänger vom Grundstück gestohlen wurden, glauben wir, dass Herr Hainbucher damit im Wald war, um das Holz zu stehlen. Dort wurde er ermordet und der Täter hat das Auto samt Hänger mitgenommen. Soweit die Theorie, die wir jetzt nur noch beweisen müssen.

„Was haltet ihr davon, wenn wir einen Aufruf in der Tageszeitung schalten? Irgendwer muss doch wissen, wer in dem Wald mit der Axt rumgeworfen hat."

Bei meiner Aussage ernte ich nachdenkliche Blick von meinen Kollegen. Sie scheinen abzuwägen, ob so ein Vorhaben zu riskant ist, als dass der Täter sich vielleicht vom Acker machen könnte, wenn er mitbekommt, dass wir nach ihm suchen.

„Vielleicht sollten wir diesen Weg versuchen", stimmt Hansi zu. „Irgendjemand muss ihn doch irgendwann mal gesehen haben, oder zumindest gehört. Es macht doch auch Lärm, wenn man eine Axt auf so eine Zielscheibe wirft."

„Ich setze die Anzeige auf und gebe sie an die Zeitung weiter. Das sollte noch rechtzeitig sein, um sie morgen zu veröffentlichen", entgegnet Simone.

Da ich nicht länger gebraucht werde, packe ich meine Sachen zusammen.

„Ich fahre dann mal nach Hause. Bis morgen!", verabschiede ich mich von ihnen und verlasse das Büro.

Auf der Heimfahrt überlege ich kurz, ob ich noch einen Stopp beim Metzger einlege. Doch da ich heute sowieso schon zum Mittag zwei Leberkässemmeln gegessen habe, verwerfe ich diesen Gedanken. Außerdem hat meine Frau sicher etwas gekocht. Mit etwas Glück beträgt der Gemüseanteil unter achtzig Prozent.

Als ich daheim ankomme, humpelt meine Frau gerade von der Garage zur Haustür und trägt dabei den Biomüllbehälter. Nachdem ich den Wagen geparkt habe, gehe ich ins Haus.

„Warum wartest du denn nicht, bis ich daheim bin?", frage ich sie vorwurfsvoll.

„Was weiß denn ich, wann du nach Hause kommst", erwidert sie schnippisch. „Außerdem ist es ja schon etwas besser."

Reden ist in dieser Hinsicht sowieso zwecklos, also stoße ich seufzend den Atem aus und verzichte auf weitere Diskussionen. Als ich ins Haus komme, riecht es noch gar nicht nach essen, was um diese Zeit eher ungewöhnlich ist.

Ich gehe in die Küche und werfe einen Blick auf den Ofen. Dort steht allerdings kein Topf und auch ansonsten sieht es hier nicht so aus, als würde demnächst gekocht werden.

„Was gibt es denn heute zu essen?“, frage ich vorsichtig, denn ich bin mir nicht sicher, ob ich vielleicht wieder etwas vergessen habe.

Womöglich hat mir ja meine Frau gesagt, dass sie heute nicht kocht, weil sie noch etwas vorhat oder dergleichen. In meinem Alter kann man schon mal etwas vergessen, auch wenn mir das in letzter Zeit immer öfter passiert.

„Gerade noch hast du mich getadelt, weil ich mich nicht schone und jetzt fragst du mich, was ich koche?“, fragt sie vorwurfsvoll.

„Ich würde uns schon etwas machen, aber du musst mich anleiten“, erwidere ich.

Rosis Blick verfinstert sich, doch nach kurzer Zeit heben sich ihre Mundwinkel.

„Schau mal in den Kühlschrank!“, fordert sie mich auf.

Natürlich mache ich das auch gleich. Im Kühlschrank steht ein Topf und als ich den Deckel hebe, stoße ich erleichtert den Atem aus. Sie hat mich nur an der Nase herumgeführt.

„Eine Gulaschsuppe", seufze ich erleichtert.

Sie hat sehr wohl schon gekocht und sogar noch etwas, das ich wirklich gerne mag. Vermutlich hat sie die Gulaschsuppe schon heute Mittag gemacht und diese, als ich zum Mittagessen nicht heimkam, in den Kühlschrank gestellt.

Ich hole den Topf aus dem Kühlschrank und stelle ihn auf den Ofen. Anschließend drehe ich den Knopf.

„Nicht so hoch, sonst brennt sie an", warnt Rosi mich. „Es ist besser sie auf kleiner Stufe langsam zu erhitzen."

Natürlich bedeutet das für mich, dass ich noch einige Zeit warten muss. Mir wäre es ja lieber sie so schnell wie möglich warm zu bekommen, dafür würde ich auch immer wieder umrühren. Andererseits weiß ich wie schnell es dabei anbrennen kann. Das ist mir immerhin schon das ein- oder zweimal passiert.

Vor einigen Jahren habe ich mal eine Kartoffelsuppe erwärmt und das auf voller Hitze. Da wusste ich auch noch nicht, dass man dabei immer wieder umrühren muss. Daher war der Topfboden völlig angebrannt, als die Suppe warm war. Das Ende vom Lied war dann, dass meine Frau rettend zur Hilfe eilte und die Suppe umschüttete, bevor ich am Topfboden kratzen konnte.

Anschließend hat sie mich dazu verdonnert, den Topfboden zu schrubben, bis er wieder sauber war. Das war wirklich eine Heidenarbeit.

Daher halte ich mich nun auch an Rosis Anweisungen und drehe den Ofen nur auf Stufe zwei. Aus der Schublade hole ich einen Kochlöffel und rühre einmal um, bevor ich mich daran mache, den Tisch zu decken.

„Setz du dich hin und schone deinen Fuß!“, sage ich zu Rosi, als ich die Löffel aus der Schublade hole.

Mit etwas Überraschung im Gesicht kommt sie meiner Bitte nach.

„Das bin ich ja von dir gar nicht gewohnt“, sagt sie, als ich zwei Gläser und etwas zu trinken auf den Tisch stelle.

„Ich kümmere mich eben um meine verletzte Frau“, sage ich schulterzuckend.

Sie schmunzelt. Ich gehe wieder zum Herd und rühre erneut die Suppe um. Dabei achte ich auch darauf, dass am Boden nichts anbrennt. Ich koste etwas vom Kochlöffel, doch die Suppe ist noch eiskalt. Unter diesen Umständen dauert es vermutlich eine Ewigkeit, bis wir essen können. Immerhin sollen ja die Fleisch- und Kartoffelstücke innen auch warm sein.

„Auf drei kann ich doch hoch schalten oder?“, frage ich Rosi.

„Dann musst du aber öfter umrühren“, sagt sie warnend.

Der Tisch ist gedeckt und der Untersetzter liegt auch schon bereit. Daher kann ich beim Herd stehenbleiben. Ich drehe an dem kleinen Rädchen und verstärke die Hitze. Anschließend fange ich umgehend an zu rühren. Da will ich heute absolut nichts riskieren.

„Wie läuft es denn mit eurem Mordfall?“, fragt Rosi mich.

„Wir stehen noch ganz am Anfang“, antworte ich ihr. „Wir sind auf der Suche nach einem Axtwerfer.“

„Nach einem was?“, hakt sie nach und runzelt die Stirn.

„Wir haben am Tatort eine Zielscheibe mit Axtabdrücken gefunden. Und mit der besagten Axt wurde auch unser Opfer erschlagen“, erkläre ich ihr.

„Ach ja, darüber habe ich mal einen Bericht gesehen. Das ist sogar eine Sportart“, sagt sie schließlich.

„Eine Sportart?“

Ich runzle die Stirn und sehe sie fragend an.

„Ja wirklich. Die haben mit den Äxten auf eine Zielscheibe geworfen und wer am mittigsten getroffen hat, war der Gewinner.“

Jetzt wo sie es sagt, ich glaube sowas habe ich auch schonmal irgendwo gesehen. Daran habe ich noch gar nicht gedacht. Vielleicht ist es ja nicht nur eine Person, die auf die Zielscheibe mit der Axt wirft, sondern gleich mehrere.

Andererseits hätte dann sicherlich der Grundstückseigentümer mal etwas davon mitbekommen, wenn da immer ein Haufen Leute bei ihm im Wald mit Äxten werfen würden. Natürlich könnte es sich auch nach ganz normaler Holzarbeit anhören und daher niemanden auffallen.

8. Kapitel

22. November, vormittags halb neun in Straubing

Als ich im Büro ankomme, erzähle ich meinen Kollegen gleich die Neuigkeit, dass vielleicht auch mehrere Personen dort trainiert haben könnten. Simone wirkt jedoch unbeeindruckt und zuckt die Schulter.

„Ich kenne das Axtwerfen“, sagt sie. „Die Kollegen untersuchen die Scheibe auch noch genauer, ob sich darauf noch andere Metallspuren befinden, die beweisen würden, dass nicht immer mit derselben Axt darauf geworfen wurde.“

Jetzt dachte ich, dass ich eine tolle Neuigkeit hätte. Dabei bin ich da schon zu spät dran. Natürlich ist meine junge Kollegin auch da perfekt informiert.

„Sag bloß, du wusstest nicht, dass dieses Axtwerfen auch als Sport betrieben wird?“, fragt Hansi und sieht mich amüsiert an.

Ich werfe ihm einen finsteren Blick zu, denn ich bin mir ziemlich sicher, dass er auch keine Ahnung davon hatte. Doch jetzt tut er nur wieder so, als ob er allwissend wäre.

„Doch natürlich, aber an diese Möglichkeit habe ich im ersten Moment gar nicht gedacht“, flunkere ich.

Irgendwie ist das an mir vorübergegangen. Vermutlich, weil es mich nicht interessiert hat und ich mir nicht vorstellen konnte, dass dies wirklich jemand als Sportart ansieht. Vielleicht ist es ja auch in diesem Fall so, dass der Mörder dieses Axtwerfen gar nicht als Sport betreibt, sondern einfach ein bisschen rumhantiert.

Ich hatte noch nicht einmal einen Kaffee, als wir von den Kollegen die ersten Nachrichten erhalten, von den Leuten, die sich auf unseren Aufruf in der Tageszeitung gemeldet haben.

Leider enthalten sie nichts als allgemeine Personenbeschreibungen, die uns nicht wirklich weiterhelfen. Während einer von einem dunkelhaarigen Mann erzählte, war der andere überzeugt, dass es eine blonde Frau war, die mit einer Axt in den Wald gegangen ist. Die Aussagen, dass es sich um einen blonden oder dunkelhaarigen Mann handelt, hält sich ziemlich die Waage. Offensichtlich ist es nicht so einfach einen Zeugen zu finden, der tatsächlich gesehen hat, wer der Axtwerfer im Wald war.

Simone stößt seufzend den Atem aus und lehnt sich in ihrem Stuhl zurück.

„Da hat doch keiner eine Ahnung, wie unser Axtwerfer wirklich aussieht“, sagt sie genervt.

„Da wollen sich wohl nur ein paar Leute wichtigmachen“, stimmt ihr Hansi zu.

Als unser Telefon klingelt, nimmt Simone den Hörer ab. Es herrscht eine Weile Schweigen, bis sie zu uns sieht und sich ihre Augen dabei weiten. Sie hält den Hörer etwas von ihrem Ohr entfernt, bevor sie zu uns spricht.

„Da ist ein junger Mann da, der behauptet unser Axtwerfer zu sein. Er hat die Axt auch gleich mitgenommen.“

Für den Bruchteil einer Sekunde sind Sebastian und ich sprachlos. Doch dann verstehe ich endlich die Bedeutung ihrer Worte.

„Die Kollegen sollen die Axt gleich untersuchen lassen und den Kerl zu uns bringen“, sage ich zu Simone und richte mich auf.

Ein gewisses Kribbeln breitet sich in meiner Magengegend aus, was deutlich macht, dass mich etwas Aufregung erfasst. Vielleicht ist es auch einfach nur die Vorfreude, dass womöglich der Täter einfach so unserem Aufruf gefolgt ist, und sich nun freiwillig der Polizei stellt. Auch wenn ich es kaum glauben kann, so ist es doch gut möglich, dass wir bei diesem Fall Glück haben und er sich quasi von selbst auflöst.

Simone legt den Hörer auf und sieht überrascht zuerst zu mir und dann zu Hansi.

„Jetzt bin ich ja wirklich mal gespannt.“

„Ja ich auch“, erwidere ich nickend und kann es kaum erwarten bis die Tür aufgeht und der Mann vor uns steht.

Es dauert auch tatsächlich nicht lange. Zuerst klopft es kurz an unserer Tür und gleich darauf kommt eine junge Kollegin herein, die heute am Empfang sitzt.

„Ich bringe euch Herrn Thomas Soller“, sagt sie und ich sehe hinter ihr einen jungen blonden Mann stehen, der nicht wirklich wie ein Axtmörder aussieht. „Die Axt habe ich ihm schon abgenommen.“

Unsere Kollegin zwinkert uns zu, sodass Herr Soller es nicht sehen kann. Anschließend verlässt sie unser Büro und schließt hinter sich die Tür.

„Herr Soller, setzen Sie sich doch!“

Bei meinen Worten nickt er und kommt anschließend meiner Aufforderung nach. Er nimmt auf dem bereitgestellten Stuhl Platz und sieht uns erwartend an.

„Was führt Sie denn zu uns?“, fragt Simone ihn und sieht ihn neugierig an.

„Ihr Aufruf in der Zeitung“, antwortet er. „Sie wollten doch wissen, wer die Zielscheibe fürs Axtwerfen benutzt?“

„Also haben Sie mit der Axt im Wald hantiert?“, hakt Hansi nach.

„Ich übe dort gelegentlich, wenn mir der Weg zu unserem Übungsplatz zu weit ist“, erwidert er.

„Und dabei haben Sie zufällig einmal einen Mann getroffen?“, frage ich ihn.

Er sieht mich stirnrunzelnd an und schüttelt dann den Kopf.

„Also die Zeit, als ich im Wald war, bin ich dort nie jemandem begegnet“, antwortet er.

„Kannten Sie denn Herrn Hainbucher?“, hakt Simone nach.

Er schüttelt den Kopf.

„Sie waren also nicht dort als Herr Hainbucher das Holz aufgeladen hat?“, fragt Hansi.

Erneut schüttelt er den Kopf.

„Ich habe keine Ahnung wer dieser Mann ist“, entgegnet er. „Kann es sein, dass Sie mich verdächtigen?“

Er sieht mit zusammengezogenen Augenbrauen in die Runde. Nacheinander lässt er seinen misstrauischen Blick über uns wandern.

„Sie haben immerhin eine Axt mit der sie nach eigener Aussage auf die Zielscheibe geworfen haben und eben mit so einer Axt wurde unser Opfer getötet“, sagt Hansi geradeheraus.

Er macht gar keinen Hehl daraus, dass wir den Zeugen des Mordes verdächtigen, woraufhin Herr Soller ungläubig den Kopf schüttelt.

„Ich fasse es nicht. Ihnen ist schon klar, dass ich freiwillig hergekommen bin? Das hätte ich ganz sicher nicht getan, wenn ich ein Mörder wäre.“

Ich muss ja zugeben, dass der Mann da nicht so ganz unrecht hat. Er wäre ja schön blöd, wenn er auf einen polizeilichen Aufruf hin ins Revier kommen würde, um sich zu stellen. Schon gar nicht, wenn er es vor Ort dann wieder abstreiten würde.

„Ich habe den Mann nicht umgebracht", versichert er. „Warum sollte ich das auch tun? Ich kenne ihn nicht und er hat mir auch nichts getan."

„Die Axt, welche Sie mit ins Revier gebracht haben, ist das die Einzige, die sie besitzen?", frage ich ihn.

Er nickt.

„Natürlich, was sollte ich denn mit mehreren Äxten?"

Zweifelnd sehe ich ihn an. Immerhin haben Sportschützen auch meist mehrere Waffen, mit denen sie ihren Sport ausüben.

„Sie können gerne meine Wohnung durchsuchen, falls Sie mir nicht glauben", bietet er seufzend an. „Außerdem war ich sicher nicht er einzige, der dort geübt hat."

„Wer hat das den noch getan?", hake ich nach.

„Keine Ahnung, aber bei unserem Übungsplatz gibt es eine Karte, auf der wir immer Plätze markieren, an denen man üben kann. So habe ich diesen auch gefunden."

„Dann haben Sie gar nicht die Zielscheibe aufgehängt?", hake ich irritiert nach.

Er schüttelt den Kopf.

Ich wechsle mit meinen Kollegen einen Blick. Irgendwie habe ich das Gefühl, dass wir es hier nicht mit dem Täter zu tun haben. Ich lehne mich zurück und überlasse es meinen Kollegen die Befragung fortzuführen, während ich mir das Hirn zermartere, wie der Mord abgelaufen sein könnte.

9. Kapitel

22. November, mittags halb eins in Straubing

Wir sitzen im Restaurant und warten auf unser Essen.

„Ihr könnt ja glauben was ihr wollt, aber ich glaube nicht, dass dieser junge Bursche unser Opfer ermordet hat“, sagt Simone und nippt an ihrem Wasserglas.

„Er hat ziemlich glaubhaft versichert, dass er unschuldig ist“, stimme ich ihr zu.

„Warten wir einfach mal ab was die Kollegen herausfinden, wenn sie mit der Untersuchung der Axt und der Zielscheibe fertig sind“, wirft Hansi ein. „Vermutlich stellt sich heraus, dass ein dutzend Äxte diese verdammte Zielscheibe getroffen haben.

In diesem Moment kommt unser Essen. Ich habe mir Fleischpflanzerl mit Kartoffelbrei bestellt und als ich sehe, dass sich auf dem Kartoffelbrei auch noch eine große Portion braune Zwiebeln befindet, läuft mir das Wasser erst recht im Mund zusammen.

Ich tunke ein Stück Fleischpflanzerl in die Bratensoße und schiebe es in den Mund. Es schmeckt köstlich und obwohl der Hansi einen leckeren Schweinebraten mit einer reschen Kruste auf dem Teller hat, bin ich nicht neidisch darauf. Das

Fleischpflanzerl ist schön saftig und die angebratenen Zwiebelringe haben die richtige Bräune und sind schön kross.

Sogar Simone hat sich heute für ein gehaltvolles Mittagessen entschieden. Sie vertilgt gerade ein Cordon bleu mit Bratkartoffeln und scheint damit ganz zufrieden zu sein.

„Aber selbst, wenn jetzt herauskommt, dass sich auf der Zielscheibe auch noch Metallspuren von anderen Äxten befinden, dann wissen wir wieder nicht, wer unser Täter sein könnte", murmelt Simone zwischen zwei Bissen.

„Wir müssen mal mit dem Förster des Waldes reden", schlägt Hansi vor. „Die bekommen doch immer alles mit, was in ihrem Revier passiert."

„Das ist eine gute Idee", stimme ich ihm zu. „Vielleicht hat er ja sogar Wildkameras in der Nähe aufgestellt, deren Aufnahmen uns womöglich hilfreich sein könnten."

„Nach dem Essen kundschafte ich aus, wer der Förster oder Jagdpächter des Waldstücks ist", schlägt Simone vor, bevor sie sich wieder einen Bissen in den Mund schiebt.

Wie es scheint schmeckt es ihr ganz vorzüglich und offensichtlich hat sie auch mächtigen Hunger, ansonsten könnte sie nicht die ganze Portion vertilgen. Doch wie es aussieht lässt sie heute gar nichts davon übrig. Da kann der Hansi noch so sehr auf Simones Teller schielen.

Wie erwartet ist er mit dem Essen schon fast fertig, dabei war seine Portion auch wirklich sehr groß. Neben zwei großen Scheiben Fleisch, hatte er auch zwei Knödel auf dem Teller.

Als ich meinen Teller schließlich geleert habe, lehne ich mich zufrieden und gesättigt zurück. Anschließend greife ich nach meinem Wasserglas und leere es. Am liebsten würde ich nun meine Hand auf meinen Bauch legen und ihn genüsslich reiben, aber das kommt vermutlich im Restaurant nicht so gut an. Daher verzichte ich auf diese Geste der Zufriedenheit.

Wir warten noch bis auch Simone mit dem Essen fertig ist, wobei Hansi dabei augenscheinlich hofft, dass noch etwas für ihn übrigbleibt. Doch heute ist nicht sein Glückstag, denn Simone isst den kompletten Teller leer. Anschließend legt sie das Besteck darauf ab und seufzt zufrieden.

„Ach war das gut."

„Du hattest heute ja einen Bärenhunger", sagt Hansi und wenn man ihn kennt, weiß man, dass da ein Hauch Enttäuschung in der Stimme mitschwingt.

„Das stimmt, ich habe heute noch nichts gegessen", erwidert sie.

„Ja um Gottes Willen, wieso das denn?", rufe ich ungläubig. „Du musst ja am Verhungern gewesen sein."

„Ach, so schnell verhungert man nicht", winkt sie ab.

Der Spruch hätte auch von meiner Frau sein können!

Als die Kellnerin vorbeikommt, bitte ich sie um die Rechnung. Nachdem wir bezahlt haben, machen wir uns auf den Weg zurück zum Revier. Dort angekommen setzt sich Simone sofort an den Schreibtisch und begibt sich auf die Suche nach dem Förster. Vermutlich handelt es sich dabei um den Jagdpächter, die dies im ländlichen Bereich übernehmen. Förster werden meist nur vom Staat oder größeren Waldbesitzern, wie beispielsweise Fürstentum oder Schlossgrundstücken beschäftigt.

„Ich habe den Namen und rufe den Jagdpächter gleich mal an“, sagt Simone nach kurzer Suche.

Sie greift zum Telefon und kurze Zeit später wird ihr Gespräch auch schon angenommen. Damit wir alles mitbekommen, hat Simone den Lautsprecher eingeschaltet. Eine weibliche Stimme meldet sich und Simone stellt sich kurz vor, bevor sie nach dem Jagdpächter fragt.

„Einen Moment, mein Mann ist im Keller“, sagt die Ehefrau und wir können hören, wie sie das Telefon über die Kellertreppe trägt.

„Es ist die Polizei für dich“, informiert sie ihren Mann, was wir nur gedämpft hören können.

Vermutlich hat sie ihre Hand über das Mikrofon des Telefons gelegt. Dennoch können wir hören was sie sagt.

„Die Polizei für mich?“, fragt dieser verwundert, bevor er das Telefon an sich nimmt.

Als er sich meldet, wiederholt Simone ihren Text erneut.

„Sie haben sicherlich davon gehört, dass in Ihrem Jagdrevier eine Leiche gefunden wurde?“, fragt sie ihn, nach der gegenseitigen Begrüßung.

„Ja das habe ich mitbekommen“, stimmt er zu.

„Es geht um die Zielscheibe, die dort an einem Baum angebracht wurde“, fährt sie fort.

„Auf die ein paar Leute immer mit der Axt geworfen haben“, entgegnet er.

„Sie wissen davon?“

Er bejaht Simones Frage.

„Und woher wissen Sie, dass es mehrere Leute waren?“, hakt Simone nach.

„Ich bin ein paarmal welchen von ihnen begegnet. Anfangs dachte ich ja, es würde jemand mit der Axt Holzarbeiten, doch als ich mal einen jungen, unbekannten Mann mit einer Axt in den Wald gehen sah, wurde ich neugierig. Ich folgte ihm und sah, dass er dort mit einer Axt auf eine Zielscheibe warf“, erklärt er.

„Haben Sie mit dem Mann auch gesprochen?“

„Ich habe ihn angesprochen und gefragt, was er da macht. Er erklärte mir, dass es sich beim Axtwerfen um eine Sportart handelte und da der nächste Übungsplatz etwas entfernt war, hat er mit ein paar Freunden die Zielscheibe im Wald angebracht.“

„Haben Sie die Freunde denn auch gesehen?“

„Ich habe ab und an jemanden mit einer Axt im Wald gesehen, mich aber nicht mehr darum gekümmert. Immerhin war das Ganze mit dem Besitzer abgesprochen und ging mich daher auch nichts an.“

„Es war mit Herrn Leinbichler abgesprochen?“, fragt Simone überrascht.

„Ja, zumindest hat der junge Mann das behauptet“, erwidert er. „Stimmt das etwa nicht?“

Nun klingt er etwas besorgt.

„Haben Sie Herrn Leinbichler nicht gefragt?“

„Nein, ich habe dem jungen Mann geglaubt. Er wirkte aufrichtig und es ist ja auch nicht schlimm mit einer Axt auf eine Holzscheibe zu werfen“, verteidigt er sich.

Simone fragt den Pächter noch, ob er weitere Informationen zu den Axtwerfern hat. Wirklich erinnern kann er sich nur an den Mann mit dem er gesprochen hat und dessen Beschreibung passt auf unseren Herrn Soller, der sich auf unseren Aufruf gemeldet hat.

10. Kapitel

22. November, nachmittags halb vier in Straubing

Mittlerweile wissen wir auch, dass die Kollegen mehrere verschiedenen Metallspuren auf der Zielscheibe sichergestellt haben und die Axt von Herrn Soller ist definitiv nicht die Tatwaffe. Allerdings stimmt ein Metall mit der Zusammensetzung des Metalls im Schädelknochen unseres Opfers überein. Das bedeutet, die Axt des Täters steckte definitiv auch schon in besagter Zielscheibe.

„Als erstes müssen wir mit Herrn Soller sprechen. Wir müssen herausfinden, wer diesen Ort auf der Karte markiert hat. Der hat dann vermutlich auch die Zielscheibe aufgehängt und mit Herrn Leinbichler vereinbart, dass dies auch in Ordnung ist“, sagt Simone, als wir das Telefongespräch mit dem Jagdpächter Revue passieren lassen.

„Falls Herr Leinbichler überhaupt gefragt wurde“, wirft Hansi ein. „Immerhin behauptet der ja, nicht gewusst zu haben, wer die Zielscheibe an seinem Baum aufgehängt hat.“

„Der lügt doch“, sage ich schulterzuckend. „Wenn der Jagdpächter schon immer wieder Leute dort gesehen hat, dann hat der Eigentümer des Waldes doch auch was mitbekommen. Außerdem macht das Axtwerfen ja auch Geräusche, als würde jemand Holz hacken. Also ich würde schon wissen wollen, wer in meinem Wald Holz hackt oder?“

„Den Leinbichler müssen wir uns auch nochmal vornehmen. Vielleicht weiß der ja tatsächlich mehr, als er zugibt“, stimmt Simone mir zu.

„Ich ruf mal bei dem Soller an, dass er nochmal herkommen soll oder?“, fragt sie uns.

„Wir könnten auch einfach bei ihm vorbeifahren. Vielleicht treffen wir ihn ja zu Hause an. Außerdem hat er uns doch angeboten nachzusehen, ob er noch weitere Äxte daheim rumliegen hat“, schlage ich vor.

„Von mir aus können wir auch gleich hinfahren“, lenkt Simone ein und legt den Hörer wieder zurück, den sie bereits in die Hand genommen hat.

Hansi wirft einen Blick auf die Uhr und nickt.

„Also los!“, sagt er anschließend, nachdem er von seinem Stuhl aufgesprungen ist.

Ich fahre gleich mit meinem Auto, denn ich habe vor, nach der Befragung Feierabend zu machen. Wenn wir heute noch beide Herren antreffen, dann wird es vermutlich sowieso wieder recht spät. Ein Glück, dass meine Frau da nicht recht fordernd ist, was meine Zeit angeht. Vermutlich ist sie oftmals ganz froh, dass ich nicht so viel daheim hocke und ihr auf die Nerven gehe.

Viele unserer Freunde und Bekannten beklagen sich, dass es zu Hause Streit gibt, sobald beide in Rente sind. Bei uns ist das eigentlich kein Problem. Vermutlich, weil ich recht oft gar nicht zu Hause bin. Manchmal habe ich den Eindruck, als gäbe es gar keinen Unterschied zu früher. Natürlich arbeite ich nur, wenn knifflige Verbrechen aufzuklären sind. Allerdings gibt es wohl genügend Verbrecher, so dass mir noch lange nicht langweilig wird und ich auch meiner Frau nicht auf die Nerven gehen muss.

Wir stehen vor Herrn Sollers Wohnungstür und warten, bis uns geöffnet wird. Es dauert eine Weile und Hansi drückt nochmal auf den Klingelknopf. Geduld ist nicht gerade seine Stärke und schon gar nicht so kurz vor Feierabend. Schließlich hören wir im Inneren der Wohnung Schritte und kurz darauf öffnet sich auch die Wohnungstür.

Als Herr Soller uns sieht, wirkt er kurz etwas überrascht.

„Ach, Sie wollen prüfen, ob ich hier noch ein paar Äxte rumliegen habe oder?“, fragt er.

„Falls das Angebot noch steht“, erwidert Simone schlagfertig. „Wir sind aber nicht nur wegen der Axt da.“

„Dann kommen Sie mal rein!“, fordert er uns auf.

Wie es scheint hat er kein Problem mit unserem Besuch, was ganz sicher anders wäre, wenn Herr Soller unser Opfer getötet hätte.

Wir folgen dem Mann ins Innere seiner Wohnung.

„Sehen Sie sich ruhig um!“, bietet er uns an.

Er öffnet alle Türen seiner Wohnung. Glücklicherweise sind das nur drei Türen, denn die Wohnung ist relativ klein. Für eine Person natürlich vollkommen ausreichend und ich habe das Gefühl, dass dem jungen Mann dies auch nicht so wichtig ist. Die Einrichtung wirkt kostengünstig und funktionell.

Tatsächlich werfe ich auch einen Blick in das Schlafzimmer und ins Bad. Dabei wird ziemlich schnell klar, dass es sehr unwahrscheinlich ist, hier noch mehr Äxte zu finden. Tatsächlich gibt es ein Regal an der Wand im Wohnzimmer, welches leer ist. Es hat genau die richtige Größe für eine Axt.

„Bewahren Sie hier Ihre Axt auf?“, frage ich ihn direkt und deute auf das leere Regal.

Er nickt und vergräbt seine Hände in den Hosentaschen.

„Wenn sie nicht gerade von der Polizei beschlagnahmt ist.“

Schlagfertig ist er ja, das muss man ihm schon lassen.

„Wir haben gehört, dass Sie mit dem Waldeigentümer das Aufhängen der Zielscheibe abgesprochen haben.“ Simone konfrontiert ihn direkt mit der Aussage des Jagdpächters.

„Nein, ich habe das nicht mit ihm abgesprochen. Ich weiß ja noch nicht einmal, wem der Wald gehört“, entgegnet er.

„Aber Sie haben das doch behauptet.“

Bei meiner Aussage nickt er.

„Ja, weil ich davon ausgegangen bin, dass derjenige, der die Zielscheibe aufgehängt hat, dies tat“, erwidert er.

„Wissen Sie denn wer sie aufgehängt hat?“, hake ich nach.

Er schüttelt den Kopf.

„Wie gesagt, es gibt da eine Karte bei uns im Verein, dort werden solche Übungsorte markiert.“

„Wie können wir denn herausfinden, wer diese Markierung gesetzt hat?“, fragt Hansi.

„Da müssten wir die Vereinsmitglieder fragen.“

„Könnten Sie das für uns herausfinden?“

Bei meiner Frage zuckt er die Schultern.

„Klar, ich kann mich umhören.“

„Nach Möglichkeit etwas zurückhaltend“, sagt Simone.

Herr Soller sieht sie stirnrunzelnd an.

„Es sollen nicht gleich alle wissen, dass Sie im Auftrag der Polizei fragen“, erklärt sie ihm.

„Sie wollen also inkognito bleiben?“, fragt er schmunzelnd.

„Wir würden ungern den Täter verschrecken“, sage ich mit einem Augenzwinkern.

Der Kerl weiß natürlich, dass es darum geht eine Flucht des Täters zu verhindern.

„Kann ich somit davon ausgehen, dass ich nicht mehr zu Ihren Verdächtigen zähle?“, fragt er amüsiert.

„Für den Moment“, antwortet Simone mit einem Schmunzeln auf den Lippen.

Nachdem wir mit Herrn Soller alle Details besprochen haben und er uns versichert, sich bei uns zu melden, sobald er Informationen für uns hat, verabschieden wir uns von ihm. Anschließend fahren wir gleich noch zu Herrn Leinbichler. Bei ihm haben wir leider kein Glück. Weder er, noch seine Frau treffen wir zu Hause an. Daher verschieben wir das Gespräch mit ihm auf den nächsten Tag. Vielleicht wissen wir bis dahin auch schon, ob das Anbringen der Zielscheibe tatsächlich mit ihm abgesprochen war und er uns dahingehend belogen hat.

11. Kapitel

22. November, abends halb sieben in Niederhaibach

Nach dem Abendessen habe ich es mir auf dem Sofa gemütlich gemacht. Meine Frau ist bei der Chorprobe und ich kann mich genüsslich über die Pralinenschachtel hermachen, die Rosi von ihrer Freundin beim letzten Besuch bekommen hat. Natürlich kostet mich das wieder eine Standpauke, weil ich mich nicht mit ein oder zwei Pralinen begnügt habe, sondern wieder die halbe Packung auffuttere.

Stirnrunzelnd werfe ich einen Blick in die Schachtel. Leider fehlt da jetzt schon die Hälfte, daher sollte ich jetzt wohl mit dem Essen aufhören. Allerdings lachen die mich so an, dass ich gar nicht anders kann, als nochmal zuzugreifen.

In der Packung ist aber auch fast nichts drin. Das Beste wäre wohl, ich esse sie gleich komplett aus und werfe sie in die Mülltonne. Wenn meine Frau sie nicht mehr sieht, dann vergisst sie ja vielleicht, dass die Packung überhaupt da war.

Ich beschließe kurzerhand, dass die Idee super ist. Daher greife ich beherzt zu. Ich habe noch etwa eine halbe Stunde bevor Rosi wieder heimkommt. Bis dahin müssen alle Spuren meines hemmungslosen Genusses beseitigt sein. Das sollte natürlich kein Problem sein, denn die kleinen süßen Köstlichkeiten sind mit einem Happs im Mund und nur kurze Zeit später schon im Magen verschwunden.

Als ich den Inhalt komplett geleert habe, lehne ich mich zufrieden zurück und schließe für einen kurzen Moment die Augen. Da ich heute den ganzen Tag unterwegs war, musste ich leider auf mein Mittagsschläfchen verzichten.

Mein gut gefüllter Magen macht mich zusätzlich schläfrig und es fällt mir schwer meine Lider wieder zu heben, um den Vorkommnissen auf meinem Fernsehbildschirm folgen zu können. Spätestens jetzt sollte ich wirklich aufstehen und die leere Pralinenschachtel wegschmeißen, bevor Rosi heimkommt und sieht, dass ich sie alle auf einen Sitz verputzt habe.

Als ich eine Tür höre, schlage ich die Lider auf. Rosi steht mitten im Wohnzimmer und starrt finster auf die leere Pralinenschachtel. Verdammt, wieso ist sie denn schon da?

Ich hatte doch eigentlich noch eine halbe Stunde Zeit!

„Du hast eine ganze Schachtel Pralinen auf einmal gegessen?“, fragt sie vorwurfsvoll und stemmt ihre Hände in die Hüften.

Es dauert eine Weile, bis ich überhaupt kapiere, was gerade vor sich geht. Ich muss kurz weggenickt sein und dadurch habe ich völlig versäumt die Spuren meiner Tat zu verwischen. Jetzt steht meine Rosi mit finsterer Miene vor mir und sieht dabei aus, als wolle sie mir gleich den Kopf abreißen.

„Ich wollte eigentlich nur ein paar davon essen“, verteidige ich mich und mir wird noch bevor ich es ausgesprochen bewusst, dass sie diese Ausrede nicht gelten lassen wird.

„Die habe ich geschenkt bekommen!“, ruft sie vorwurfsvoll.

„Aber sie haben mich so verlockend angelacht.“

Ihrem Gesichtsausdruck nach zu urteilen, machen es meine Ausreden und Entschuldigungen nicht besser. Sie presst ihre Lippen aufeinander, ihre Augenbrauen ziehen sich zusammen und ihre Nasenflügel beben regelrecht. Das ist der Moment, wo man sich eigentlich nicht unbedingt in der Nähe meiner Frau aufhalten sollte.

Nun gibt es zwei Möglichkeiten. Entweder sie geht gleich auf mich los, oder sie rauscht zur Tür hinaus und würdigt mich die nächste Zeit keines Blickes mehr.

Glücklicherweise trifft die zweite Möglichkeit ein. Meine Frau macht auf dem Absatz kehrt, verlässt das Wohnzimmer und knallt die Tür hinter sich zu. Das bedeutet, sie ist mehr als einfach nur sauer. Morgen sollte ich auf jeden Fall eine Schachtel Pralinen besorgen und diese muss mindestens doppelt so groß sein, wie die, die ich gerade aufgefuttert habe.

Das wird sie zwar nur wenig besänftigen, aber zumindest die Wogen ein kleines bisschen glätten. Ich würde ja gleich noch losfahren und welche besorgen, aber die Geschäfte haben schon geschlossen. Natürlich gäbe es noch die Möglichkeit an der Tankstelle welche zu besorgen, aber die sind mir definitiv zu teuer. Das wäre rausgeschmissenes Geld.

Jetzt wäre es ja eigentlich schon egal und ich könnte die leere Pralinenschachtel einfach in den Mülleimer schmeißen, aber ich bin mir ziemlich sicher, dass Rosis Wut noch mehr aufkochen würde, wenn sie die Schachtel da drinnen liegen sehen würde. Daher nehme ich die Verpackung und trage sie nach draußen in die Mülltonne. Immerhin heißt es ja nicht umsonst, *aus den Augen, aus dem Sinn*. Darauf hoffe ich jetzt einfach.

Als ich zurück ins Haus komme, fehlt von Rosi jede Spur. Wie es aussieht hat sie sich schmollend ins Schlafzimmer verzogen. Vermutlich liest sie dort ein Buch. Es ist wohl besser, wenn ich sie einfach in Ruhe lasse. Daher widme ich mich wieder dem Fernsehprogramm.

Natürlich dauert es nicht lange, bevor meine Lider bleischwer werden und zufallen. Anfangs höre ich noch im Halbschlaf die Geräusche des Fernsehers, doch irgendwann wird auch das immer leiser.

Plötzlich schrecke ich hoch, weil jemand lautstark schnarcht. Es dauert kurz, bis mir klar wird, dass ich gerade mein eigenes Schnarchen gehört und mich damit selber geweckt habe.

Ein Blick auf den Bildschirm zeigt mir, dass der Film bereits beendet ist, denn der Abspann läuft gerade. Nun ist es wirklich an der Zeit ins Bett zu gehen. Morgen steht wieder ein Arbeitstag an und ich bin schon gespannt, was der Tag bringen wird.

Wir treffen uns gleich morgens um halb acht bei den Leinbichlers. Land- und Forstwirte sind für gewöhnlich früh auf den Beinen und wir möchten verhindern, dass wir erneut vor verschlossener Tür stehen.

Als ich das Schlafzimmer betrete, schläft Rosi schon. Vermutlich ist dies im Moment auch besser so. Wenn sie erstmal eine Nacht schläft und ein paar Stunden ins Land gezogen sind, ist die größte Wut vielleicht auch schon verraucht.

Ich liege hellwach im Bett und drehe mich von einer Seite auf die andere. Das ist auch so ein Problem, wenn ich immer schon auf dem Sofa döse, dann kann ich nicht mehr einschlafen, sobald ich im Bett bin.

Ich höre die gleichmäßigen Atemzüge meiner Frau, die mich für gewöhnlich auch in den Schlaf wiegen. Doch heute hilft auch das nicht. Ich fühle mich richtig ausgeschlafen und würde am liebsten wieder aufstehen.

Wenn ich diesem Drang jetzt allerdings nachgebe, dann kann ich morgen nicht aufstehen. Am besten ich zähle Schäfchen. Das soll doch helfen!

Ich komme bis fünfzig, bevor es mich nervt und ich auch das Gefühl habe, als würde es das Gegenteil bewirken. Mein Wecker hat einen Knopf, mit dem das Display beleuchtet wird. Als ich diesen Knopf betätige, um die Uhrzeit zu prüfen, stelle ich fest, dass ich schon eine Stunde wach im Bett liege und mich hin und her wälze.

Rosi schnarcht mittlerweile leise vor sich hin, was meine Situation nicht unbedingt bessert. Außerdem habe ich einen Druck in der Magengegend, was vermutlich dem hemmungslosen Schlemmen der Pralinen geschuldet ist. Vielleicht hätte ich doch nicht gleich die ganze Packung verputzen sollen.

Erneut werfe ich einen Blick auf den Wecker und wieder ist eine halbe Stunde vergangen, in der ich kein Auge zugetan habe. Vermutlich liege ich jetzt wach bis ungefähr eine Stunde bevor der Wecker klingelt. Das wird dann aber eine verdammt lange Nacht!

12. Kapitel

23. November, morgens halb sieben in Niederhaibach

Der Wecker reißt mich unerbittlich aus dem Schlaf und ich fühle mich wie gerädert. Ich habe schon lange nicht mehr so wahnsinnig schlecht geschlafen, wie vergangene Nacht. Trotzdem bleibt mir jetzt nichts anderes übrig, als mich aus dem Bett zu quälen, sonst komme ich nämlich zu spät.

Ich werfe einen Blick neben mich, doch Rosis Bett ist schon leer. Da fällt mir wieder ein, dass es gestern noch einen kleinen Disput bezüglich der Pralinenschachtel gab. Ob Rosis Wut heute schon verraucht ist?

Vielleicht hat sie mir ja schon verziehen und es steht das Frühstück auf dem Tisch.

Ich schlage die Bettdecke zurück, rapple mich auf und gehe ins Bad. Anschließend ziehe ich mich an und begebe mich über die Treppe nach unten.

Für gewöhnlich hängt um diese Zeit schon ein Kaffeeduft in der Luft, doch heute rieche ich nichts dergleichen. Ich betrete die Küche und mein Blick fällt auf einen leeren Esstisch. Offensichtlich hat mir meine Frau noch nicht verziehen und schmollt weiterhin. Wo ist sie überhaupt?

Ich rufe ihren Namen, bekomme jedoch keine Antwort. Als ich im Flur nachsehe, fehlen Rosis Turnschuhe, die sie immer trägt, wenn sie einen Spaziergang macht. Glücklicherweise sind die Autoschlüssel da, sonst hätte ich Hansi anrufen müssen, dass er mich abholen muss. Offensichtlich hat Rosi ihren abendlichen Spaziergang auf den frühen Morgen verschoben.

Das kann mehrere Gründe haben, aber ich befürchte, dass der Hauptgrund ich bin. Sie ist noch sauer auf mich und lässt es mich auf diese Weise spüren. Ein Blick auf die Uhr macht mir deutlich, dass für ein ausgiebiges Frühstück keine Zeit bleibt. Außerdem ist das alte Brot, welches ich noch im Brotkasten finde, nicht sonderlich einladend.

Daher beschließe ich, mir unterwegs ein Frühstück zu besorgen. Ich würde ja beim Leitner Metzger gerne eine Leberkässemmel holen, aber der hat keinen Kaffee im Angebot. Daher ziehe ich den Bäcker vor.

Als ich den Laden betrete, steht Gertraud hinter der Theke.

„Guten Morgen Karl", begrüßt sie mich gutgelaunt.

„Eine Butterbreze und ein Stück Zwetschgendatschi bitte", bestelle ich nach einer kurzen Begrüßung. „Und einen Kaffee zum Mitnehmen."

„Seit wann nimmst du denn einen Kaffee to go?“, fragt sie überrascht.

Warum gibt es eigentlich immer mehr englische Begriffe bei uns?

Sogar eine Frau wie Gudrun, die urbayrisch aufgewachsen ist, spricht von einem Kaffee to go.

„Ist etwa eure Kaffeemaschine kaputt?“

Wie immer ist sie schrecklich neugierig und wenn ich mir jetzt nicht eine gute Ausrede einfallen lasse, denn wird sich in Windeseile im ganzen Dorf rumsprechen, dass ich mich mit Rosi gestritten habe, so dass sie mir nicht mal mehr einen Kaffee zum Frühstück macht.

Das muss ich auf alle Fälle verhindern, denn ich habe keine Lust, dass sie sich über uns das Maul zerreißen. Noch dazu, da es ja nicht einmal ein Streit war, sondern es sich einfach nur um eine kleine Meinungsverschiedenheit handelte.

„Ich bin heute nur spät dran und treffe mich gleich mit meinen Kollegen“, erkläre ich ihr.

„Dafür, dass du schon in Pension bist, arbeitest du aber noch sehr viel“, erwidert sie. „Was sagt denn da deine Rosi dazu?“

„Ach, ich glaube sie ist froh, wenn ich nicht so viel zu Hause bin“, winke ich ab, woraufhin Gudrun belustigt lacht.

„Ja, manchmal bin ich auch ganz froh, dass mein Mann noch nicht in der Rente ist“, witzelt sie.

Ich bezahle meinen Einkauf und schnappe mir Bäckertüte und Kaffeebecher. Anschließend setze ich mich in mein Auto, fahre zum Anwesen der Leinbichlers und parke den Wagen etwas abseits. Eigentlich wollte ich ja mein Frühstück beim Bäcker einnehmen, doch da ich Gudrun vorgeflunkert habe, dass ich etwas unter Zeitdruck stehe, bleibt mir gar keine andere Möglichkeit, als im Auto zu frühstücken.

Aber ich möchte mich nicht beschweren, denn es gibt weitaus Schlimmeres. So wie zum Beispiel trockenes Körnerbrot und fettarmen Käse. Genüsslich verspeise ich zuerst meine Butterbreze und nippe an dem Pappbecher. Der Kaffee ist noch sehr heiß und ich verbrenne mir die Zunge.

Noch bevor ich mich meinem Zwetschgendatschi widmen kann, tauchen Simone und Hansi auf. Sie sind früh dran und als sie mich im Auto sitzen sehen, winken sie mir zu. Offensichtlich können sie es gar nicht mehr erwarten Herrn Leinbichler zu befragen. Daher breche ich mein ausgiebiges Frühstück nach der Butterbreze ab und steige aus meinem Auto.

„Ihr seid aber schon früh da“, rufe ich meinen beiden Kollegen zu, als wir aufeinander zugehen.

„Du aber auch“, entgegnet Hansi.

„Ich habe noch gefrühstückt“, erkläre ich.

Hansi runzelt die Stirn.

„Im Auto?“, fragt er.

„Zuhause ist etwas dicke Luft“, gestehe ich kleinlaut.

„Was hast du denn wieder angestellt?“, fragt Simone amüsiert.

Ich stoße seufzend den Atem aus.

„Es hat ihr nicht so gefallen, dass ich eine Schachtel Pralinen an einem Abend geleert habe“, erzähle ich ihnen.

„Und darum ist sie so sauer auf dich, dass du nicht mal mehr daheim frühstücken kannst?“, hakt Simone irritiert nach.

„Na ja, die Pralinen hat sie geschenkt bekommen“, gebe ich nach kurzem Zögern zu.

„Oh, da ist es natürlich schon nachvollziehbar, dass deine Frau sauer ist“, erwidert Simone.

Ich kann weder die Aufregung meiner Frau, noch die Zustimmung dahingehend von Simone verstehen. Immerhin handelt es sich lediglich um etwas Schokolade.

„Wieso nachvollziehbar?“, frage ich genervt. „Wieso regt man sich denn so auf, nur weil jemand die Pralinen gegessen hat?“

„Hast du sie denn gefragt, ob du sie essen darfst?“, hakt Simone nach.

„Natürlich nicht“, antworte ich. „Da hätte sie ja niemals zugestimmt.“

„Und da wunderst du dich, dass sie sauer ist?“

Akustisch habe ich ja Simones Frage verstanden, doch Sinn ergibt sie trotzdem nicht für mich.

Vermutlich kennt Simone meine Rosi einfach nicht gut genug, sonst wüsste sie, dass meine Frau niemals zustimmen würde, wenn es darum geht mir Süßigkeiten zuzugestehen.

„Wenn ich die Antwort sowieso kenne, kann ich mir die Frage doch sparen“, brumme ich und mir ist sehr wohl bewusst, dass eine Diskussion mit Simone vermutlich vergebens ist.

Immerhin ist sie eine Frau und mit Frauen zu diskutieren ist meist völlig umsonst. Sie geben nicht leicht nach, was wohl genetisch bedingt ist. Natürlich war es nicht unbedingt nett von mir, dass ich einfach alle Pralinen aufgefuttert habe. Aber das hatte ich ja auch nicht von vorneherein vor. Ich wollte sie nur kosten, aber dann hat mein innerer Schweinehund gesiegt.

Ich gebe ja zu, dass ich einfach nur schwach bin, wenn es ums Essen geht.

„Können wir jetzt einfach den Leinbichler befragen?“, sage ich und kann nicht verhindern, dass meine Stimme dabei leicht genervt klingt.

„Schauen wir mal nach, ob jemand daheim ist“, sagt Hansi und geht zum Grundstück der Familie Leinbichler.

Ich bin sicher, er versteht mich!

13. Kapitel

23. November, morgens halb acht in der Nähe von Straubing

Simone drückt den Klingelknopf und dann warten wir geduldig. Es dauert eine Weile, doch schließlich wird uns die Tür geöffnet. Herr Leinbichler steht vor uns und runzelt die Stirn als er uns erkennt.

„Was wollen Sie denn schon so früh hier?“, fragt er schroff.

Offensichtlich ist er nicht sonderlich erfreut über unseren Besuch, was vielleicht ja daran liegt, dass er etwas zu verbergen hat.

„Hätten Sie noch einen Moment für uns?“, erwidert Simone, ohne auf seine Frage einzugehen.

„Von mir aus“, sagt er schulterzuckend. „Kommen Sie rein!“

Wir folgen ihm ins Innere des Hauses. Es riecht nach frisch gebrühten Kaffee und in diesem Moment fällt mir ein, dass meiner noch mehr oder weniger unangetastet im Auto steht. Was würde ich jetzt für eine schöne, heiße Tasse Kaffee tun. Mit etwas Glück bietet uns Herr Leinbichler welchen an, denn als wir in die Küche kommen, ist der Frühstückstisch noch gedeckt.

Herr Leinbichler setzt sich auf seinen Stuhl, doch seine Frau scheint nicht zu Hause zu sein. Vergebens warte ich auf ein Angebot von Herrn Leinbichler. Er nippt zwar an seiner Kaffeetasse, biete uns jedoch nichts dergleichen an. Offensichtlich ist er nicht gewillt seinen Kaffee mit uns zu teilen, was wirklich schade ist, denn er riecht verdammt verlockend.

„Also, warum sind Sie schon wieder hier?“, fragt er und macht auch keinen Hehl daraus, dass unser Besuch ihm missfällt.

„Sie haben uns gegenüber doch behauptet, dass Sie nicht wussten, wer die Zielscheibe in Ihrem Wald angebracht hat und auf diese mit einer Axt warf?“, frage ich ihn.

„Ja und?“, erwidert er schulterzuckend.

„Wir haben eine andere Zeugenaussage“, sagt Hansi und sieht ihn vorwurfsvoll an.

„Was für eine andere Zeugenaussage?“, hakt er irritiert nach.

„Angeblich wurden Sie gefragt, ob die Zielscheibe dort angebracht werden darf“, erklärt Hansi.

„Mich hat niemand gefragt“, entgegnet er.

„Sie behaupten also weiterhin, dass sie keine Ahnung haben, wer in Ihrem Wald das Axtwerfen betreibt?“, frage ich ihn misstrauisch.

„Absolut keine und es ist mir auch völlig egal“, behauptet er weiterhin.

„Herr Leinbichler hören Sie doch auf uns anzulügen! Immerhin haben wir einen Zeugen“, sagt Hansi mit warnendem Unterton in der Stimme.

„Na den Zeugen würde ich gerne sehen“, erwidert er und lacht freudlos auf. „Mich hat keiner gefragt, also kann es auch keinen Zeugen geben, der mich gefragt hat.“

Er sagt das mit so einer Überzeugung, dass ich mir nicht mehr sicher bin, ob er lügt, oder die Wahrheit sagt. Allerdings glaube ich auch der Aussage der Axtwerfer, dass sie sehr wohl zuerst um Erlaubnis gefragt haben, weil das in ihrem Verein zu den Regeln gehört. Wie auch immer, einer lügt hier und ich kann wirklich nicht sagen, wer das ist.

Noch eine ganze Weile versuchen wir die Wahrheit von Herrn Leinbichler zu erfahren, doch so sehr wir auch auf ihn einreden, er bleibt bei seiner Aussage.

„Dann bringen Sie doch Ihren Zeugen zu mir. Er soll mir ins Gesicht sagen, dass ich es war, den er um Erlaubnis gefragt hat“, sagt er schließlich und stößt seufzend den Atem aus.

Dieser Forderung können wir leider noch nicht nachkommen, denn bisher wissen wir ja noch gar nicht, wer aus dem Sportverein überhaupt mit dem Herrn Leinbichler bezüglich der Zielscheibe gesprochen hat. Das bedeutet wir müssen hoffen, dass Herr Soller für uns bald herausfindet, wer die Karte markiert hat.

„Wie Sie wollen“, sagt Simone schließlich. „Wir melden uns bei Ihnen.“

Daraufhin verabschieden wir uns von Herrn Leinbichler und fahren ins Revier. Als ich im Auto sitze und den Kaffeebecher ergreife, ist der Kaffee natürlich längst eiskalt. Ich stelle ihn zurück in die Halterung und starte den Motor.

Als ich kurz darauf im Revier ankomme, führt mich mein erster Weg zur Kaffeemaschine. Anschließend hole ich mir eine Kuchengabel und einen Teller aus dem Schrank. Glücklicherweise habe ich noch ein Stück Zwetschgendatschi, der darauf wartet von mir verspeist zu werden.

Mit einer heißen Tasse Kaffee und meinem lecker gefüllten Teller gehe ich zu unserem Büro. Dort sitzen Hansi und Simone schon bei der Arbeit.

„Und gibt es schon Neuigkeiten von unserem Axtwerfer-Freund?“, frage ich die beiden.

„Noch nicht, da müssen wir uns schon noch etwas gedulden“, antwortet Simone.

„Hast du für uns keinen Kuchen dabei?“, fragt Hansi vorwurfsvoll und wirft einen gierigen Blick auf meinen Teller.

„Das ist mein Frühstück, zu dem ich heute nicht gekommen bin, weil ihr schon so früh dran wart“, erwidere ich.

„Trotzdem hättest du auch an uns denken können“, brummt Hansi. „Ich verstehe Rosi ganz gut, dass sie sauer auf dich ist, wenn du in Sachen Essen gegenüber ihr auch so egoistisch bist."

„Ich bin nicht egoistisch", erwidere ich. „Aber ich teile nun einmal nicht gerne mein Frühstück."

„Du teilst grundsätzlich dein Essen nicht", sagt Hansi vorwurfsvoll.

„Als ob du da großzügiger bist", entgegne ich.

Hansis Mundwinkel heben sich amüsiert.

„Das habe ich nicht gesagt", grinst er frech.

Ich steche ein Stück von meinem Zwetschgendatschi ab und schiebe ihn genüsslich in meinen Mund. Mir ist bewusst, dass Hansi mich dabei nicht aus den Augen lässt. Ich muss wirklich aufpassen, dass er ihn mir nicht stibitzt. Daher bleibe ich dran und esse das ganze Stück auf, ohne dabei die Gabel abzusetzen. Zwischendurch nehme ich immer mal wieder einen Schluck Kaffee, auf den ich schon so lange gewartet habe.

„Warten wir jetzt einfach nur ab, bis Herr Soller sich bei uns meldet?", fragt Simone nach einer Weile.

„Wir haben bisher keine Hinweise, die uns helfen würden", antwortet Hansi. „Was bleibt uns also anderes übrig?"

„Außerdem wird sich Herr Soller sicher bald melden. Sobald wir wissen, wer mit Herrn Leinbichler gesprochen hat, können wir ihn direkt mit dem Zeugen konfrontieren. Dann bleibt ihm gar nichts anderes mehr übrig, als zu gestehen, dass er sehr wohl von den Axtwerfern in seinem Wald wusste."

„Und bis dahin machen wir was?", entgegnet mir Simone.

„Ich sehe mir mal die ganzen Familienverhältnisse unseres Opfers genauer an. Vielleicht gab es ja Erbstreitigkeiten oder dergleichen", schlägt Simone vor.

„Und was machen wir so lange?", fragt Hansi.

„Also ich trinke gemütlich meinen Kaffee, schließlich bin ich schon in Pension", antworte ich und lehne mich genüsslich, mit meiner Tasse in der Hand, in meinem Schreibtischstuhl zurück.

14. Kapitel

24. November, vormittags halb zehn in Niederhaibach

Die Schachtel Pralinen, welche ich meiner Rosi als Entschädigung besorgt habe, war doppelt so groß, als jene, die ich aufgefuttert habe. Zwar hat sie mir nicht sofort verziehen, doch zumindest redet sie wieder mit mir und morgens gibt es auch wieder ein Frühstück.

Vermutlich dauert es noch ein paar Tage, bis sie ihren vorwurfsvollen Blick wieder einstellt, aber die eisige Stimmung lässt doch langsam nach.

„Willst du heute wieder den ganzen Tag auf dem Kanapee verbringen?“, fragt Rosi vorwurfsvoll, als ich mich auf selbigem für ein kleines Nickerchen niederlasse.

„Ich lege nur einen Moment die Beine hoch“, erwidere ich.

„Du bist vor gerade mal zwei Stunden aufgestanden und da musst du schon wieder die Beine hochlegen?“

„Es sind fast drei Stunden“, verbessere ich sie.

„Trotzdem noch nicht lange genug, um eine Pause einzulegen“, entgegnet sie. „Es wäre viel gesünder, wenn du stattdessen einen kleinen Spaziergang machen würdest.“

Ich kann das Wort Spaziergang schon nicht mehr hören. Ständig dieses Herumgerenne bei Wind und Wetter. Wie soll das denn gesund sein?

„Es regnet draußen“, versuche ich das Unglück abzuwenden.

„Na und, dafür hast du ja eine Regenjacke und einen Regenschirm“, erwidert sie prompt.

Seufzend schließe ich die Lider.

„Ja gleich“, murmle ich.

Als schließlich nach einer Weile das Telefon klingelt, bete ich zu Gott, dass der Anrufer mich aus meiner misslichen Lage errettet. Rosi nimmt das Gespräch an.

„Servus Hansi“, sagt sie sichtlich erfreut. „Mir geht es gut, danke der Nachfrage.“

„Ja, der ist da. Einen Moment ich reiche dich weiter.“

Rosi hält mir das Telefon vor die Nase und dankbar nehme ich es entgegen. Es sieht gut für mich aus, dass ich dem Spaziergang entkomme.

„Servus Hansi, was gibt´s?“

„Der Soller hat sich gemeldet und wir haben jetzt zwei Namen bekommen. Einer von den beiden hat die Karte mit dem Wald von Herrn Leinbichler markiert“, erklärt er.

„Wieso zwei Namen?“, hake ich nach.

„Die beiden hat er noch nicht erreicht und alle anderen aus dem Verein haben abgestritten, dass sie es waren. Also bleiben nur noch die beiden übrig.“

„Wenn der Soller sie schon nicht erreicht, wie sollen wir dann an die beiden rankommen?“, hake ich nach.

„Wir haben in Erfahrung gebracht, wo sie arbeiten. Beide sind auf Montage in der Nähe von Nürnberg und sind heute Nacht erst zurückgekommen. Wenn wir also jetzt bei ihnen vorbeifahren, dann sollten wir sie zu Hause antreffen“, erklärt er.

„Alles klar, wo treffen wir uns?“, hake ich nach.

„Wir sind schon auf dem Weg. In ein paar Minuten sind wir bei dir und holen dich ab“, entgegnet er.

Anschließend legt er auf und ich höre nur noch das Piepen in der Leitung. Ich lege das Telefon beiseite und mache mich auf den Weg ins Schlafzimmer, um mich umzuziehen.

„Ich muss gleich zur Arbeit“, rufe ich Rosi zu, die noch in der Küche ist.

Entweder sie entgegnet darauf gar nichts, oder ich höre es einfach nicht. Vermutlich bin ich zu weit weg und meine Ohren sind auch nicht mehr das, was sie mal waren.

Ich ziehe mir ein frisches Hemd an. Die Hose ist völlig in Ordnung und kann auch zu einer Zeugenbefragung getragen werden. Immerhin muss ich keinen Modewettbewerb gewinnen, was in meinem Fall sowieso ausgeschlossen wäre. Eine wirklich modische Veranlagung hatte ich noch nie.

Während ich noch mein Hemd zuknöpfe, höre ich die Klingel. Wenn das jetzt schon meine Kollegen sind, dann hat Hansi mit ein paar Minuten reichlich übertrieben.

„Karl, du wirst abgeholt“, höre ich Rosi von unten laut rufen.

„Ich komme ja schon“, erwidere ich und beeile mich die Knöpfe schnell zu schließen.

Als ich die Treppe nach unten komme, steht Simone in unserer Haustür und wartet auf mich.

„Ich dachte ihr kommt erst in ein paar Minuten“, sage ich zu ihr.

„Das waren doch ein paar Minuten“, erwidert sie schmunzelnd.

Schnell schlüpfe ich in meine Schuhe und ziehe meine Jacke über. Anschließend verabschiede ich mich von Rosi und folge Simone nach draußen. Hansi sitzt im Wagen und hat den Motor nicht einmal ausgestellt.

„Was hat denn da so lange gedauert?“, fragt er und wirft mir einen vorwurfsvollen Seitenblick zu, als ich einsteige.

„Du hast von ein paar Minuten gesprochen“, entgegne ich. „Das waren höchstens zwei.“

„Zwei sind mehr als eine, also ein paar.“

Ich verzichte auf eine weitere Diskussion über die richtige Zeitangabe. Stattdessen lehne ich mich im Sitz zurück und lasse mich von meinem Kollegen chauffieren.

Nach einer Weile biegen wir in die Einfahrt zu einem kleinen Einfamilienhaus ein, welches schon etwas in die Jahre gekommen ist, aber wohl eine angemessene Sanierung hinter sich hat. Hansi stellt den Motor ab, nachdem er das Auto direkt vor dem Garagentor parkt.

Anschließend gehen wir gemeinsam zur Haustür und klingeln. Als sich im Inneren des Hauses etwas rührt, bin ich schon gespannt, ob wir gleich auf Herrn Lembrecht treffen. Die Tür öffnet sich und vor uns steht eine junge, blonde Frau.

„Guten Tag, wir sind von der Polizei Straubing und würden gerne mit Herrn Lembrecht sprechen“, stellt uns Simone vor und ohne Aufforderung hält sie der jungen Frau ihren Dienstausweis entgegen.

Diese wirft einen flüchtigen Blick darauf.

„Polizei?“, fragt sie scheu. „Hat mein Mann denn etwas angestellt?“

„Keine Sorge, wir haben nur ein paar Fragen und haben nicht vor ihn gleich mitzunehmen“, witzle ich, wobei die Frau daraufhin so verschreckt aussieht, dass ich bezweifle, dass sie den kleinen Spaß verstanden hat.

„Mein Mann schläft noch“, erwidert sie nach kurzem Zögern. „Er ist heute Nacht erst von der Arbeit heimgekommen. Er war die ganze Woche auf Montage.“

„Wie lange wird er denn vermutlich noch schlafen?“, frage ich sie.

Sie wirft einen Blick auf die Uhr.

„Normalerweise steht er gegen elf Uhr auf. Soll ich ihn wecken?“

„Das wäre nett von Ihnen“, erwidere ich sofort, denn ich habe keine Lust nochmal herzukommen.

Außerdem wird der junge Mann nicht sterben, wenn er mal ein paar Minuten weniger Schlaf bekommt. Noch dazu hat er jetzt Wochenende, da kann er dann schlafen, soviel er möchte.

„Gehen Sie doch einfach durch in die Küche!“, fordert sie uns auf. „Ich bin gleich wieder da.“

Sie verschwindet über die Treppe nach oben, während wir ihren Worten nachkommen und den Flur durchqueren, bis wir am anderen Ende davon ankommen. Die Tür steht weit geöffnet und gibt einen Blick in die Küche frei.

Simone geht vor und als wir dort ankommen, stehen wir etwas unbeholfen nebeneinander. Die Küche ist ziemlich klein. Auf der rechten Seite steht eine kleine Eckbank, doch da uns kein Platz angeboten wurde, setzen wir uns natürlich nicht einfach hin, sondern bleiben stehen. Immerhin haben wir Manieren.

15. Kapitel

24. November, vormittags halb elf in der Nähe von Straubing

„Nehmen Sie doch Platz!“, sagt Frau Lembrecht, als sie die Küche betritt. „Mein Mann kommt gleich.“

Ich setze mich auf die kurze Seite der Eckbank, während Simone und Hansi sich auf die längere quetschen. Diese Seite ist nur geringfügig länger und daher haben sie es ziemlich kuschlig. Frau Lembrecht nimmt mir gegenüber Platz, so dass nur noch ein Stuhl neben mir frei bleibt.

„Möchten Sie etwas trinken?“, fragt Frau Lembrecht uns nach einer Weile des Wartens.

„Machen Sie sich keine Umstände, wir bleiben nicht lange“, entgegnet Simone.

Herr Lembrecht scheint es nicht eilig zu haben, denn es dauert ziemlich lange, bis wir schließlich endlich Schritte von der Treppe hören.

„Ach, jetzt kommt er“, sagt Frau Lembrecht, die offensichtlich erleichtert ist, dass das unangenehme Schweigen ein Ende hat.

Als Herr Lembrecht die Küche betritt, runzelt er die Stirn.

„Was beschert mir denn dieses Vergnügen?“, fragt er zynisch und mustert uns mit finsterer Miene.

Offensichtlich ist er nicht sonderlich erfreut über unseren Besuch. Er setzt sich auf den freien Stuhl, lehnt sich zurück und verschränkt die Arme vor der Brust. Eine klare Abwehrhaltung, wie man so schön sagt. Er macht wirklich keinen Hehl daraus, dass er auf diese Situation gut und gerne verzichten könnte.

„In Ihrer Freizeit betreiben Sie doch das Axtwerfen im Verein“, sagt Hansi ohne Umschweife.

„Ja“, erwidert er nickend.

„Und da gibt es doch im Verein eine Karte, bei der die Mitglieder Zielscheiben markieren können auf denen man üben kann?“, hake ich nach.

„Sie sind ja gut informiert“, erwidert er und zieht seine rechte Augenbraue in die Stirn.

„Haben Sie auf der Karte auch Stellen markiert?“

Bei Simones Frage zögert er mit der Antwort.

„Ist es ein Problem, wenn ich das gemacht habe?“

Simone schüttelt den Kopf.

„Nicht, wenn Sie die Erlaubnis dazu eingeholt haben.“

„Das habe ich“, nickt er schließlich.

Simone holt ihr Handy aus der Tasche und zeigt Herrn Lembrecht ein Foto, das sie von Herrn Soller bekommen hat. Darauf ist die Karte abgebildet, die im Vereinsheim der Axtwerfer hängt.

„Können Sie uns bitte zeigen, welche Markierungen Sie gesetzt haben?“, fragt Simone ihn.

Er stößt seufzend den Atem aus, bevor er sich vorbeugt und das Telefon von Simone entgegennimmt. Mit zusammengekniffenen Augen fährt er mit seiner Fingerspitze über das Display. Er schiebt den Finger hin und her bis er schließlich nickt.

„Die hier ist von mir“, sagt er schließlich und zeigt Simone die Stelle.

Sie nimmt das Telefon wieder entgegen und sieht sich die Markierung genau an.

„Das ist das Waldstück von Herrn Leinbichler“, ruft sie aufgebracht.

„Richtig“, stimmt er zu.

„Dann haben Sie ihn gefragt?“, hake ich neugierig nach.

„Natürlich habe ich das“, behauptet er mit Überzeugung. „Ich gehe doch nicht in den Wald und hänge einfach Zielscheiben auf.“

„Sie haben Herrn Leinbichler persönlich um Erlaubnis gefragt?“

Bei Hansis Frage sieht Herr Lembrecht ihn irritiert an.

„Warum tun Sie so, als wäre das etwas Außergewöhnliches?“

„Weil Herr Leinbichler behauptet, dass ihn niemand gefragt hat“, erwidere ich. „Er behauptet, die wäre plötzlich da gewesen, aber er habe nichts gesagt, weil es ihn nicht gestört hat.“

„Aber das stimmt nicht“, erwidert Herr Lembrecht und lockert seine Arme vor der Brust. „Ich habe ihn gefragt und er hat sofort zugestimmt.“

„Wären Sie denn bereit, das auch gegenüber von Herrn Leinbichler auszusagen?“, fragt Simone.

„Natürlich“, antwortet er bestimmt.

„Würden Sie uns gleich begleiten?“, hakt Hansi nach.

Er zuckt die Schultern.

„Von mir aus.“

„Na dann, brechen wir gleich auf“, schlage ich vor.

„Kann ich zumindest noch eine Tasse Kaffee trinken?“, fragt er und zieht seine Augenbrauen in die Stirn.

Erst jetzt fällt mir auf, dass Herr Lembrecht noch gar nicht gefrühstückt hat. Immerhin haben wir ihn gerade erst aus dem Bett geworfen. Er wirft seiner Frau einen auffordernden Blick zu.

„Ich setze gleich eine Kanne auf“, sagt sie, während sie von ihrem Stuhl regelrecht aufspringt. „Wollen Sie auch welchen?“

„Also wenn Sie schon welchen machen, würden wir nicht nein sagen“, antworte ich, bevor einer meiner Kollegen das Angebot ablehnen kann.

Jetzt haben wir ja etwas mehr Zeit, denn die Befragung der anderen Person können wir uns sparen, da wir ja unseren Zeugen schon gefunden haben. Da er zugegeben hat, dass er die Markierung in der Karte gesetzt hat, erspart uns dies den zweiten Besuch.

Da ist wahrlich Zeit genug, um eine kurze Kaffeepause einzulegen. Außerdem können wir ja den Mann nicht ohne Kaffee aus dem Haus gehen lassen. Wenn wir ganz viel Glück haben, gibt es auch noch ein Stück Kuchen, doch danach sieht es im Moment nicht aus.

Als Frau Lembrecht zwei Scheiben Toast in den Toaster steckt, bestätigt sich meine Befürchtung. Sie macht ihrem Ehemann offensichtlich ein Frühstück und daher wird wohl kein Kuchen auf den Tisch kommen.

Ich sehe zu, wie die Frau die getoasteten Scheiben mit Butter bestreicht und sie anschließend mit Salami belegt. Auch wenn ich kein Freund von Toast bin, so läuft mir das Wasser im Mund zusammen. Kein Wunder, denn es geht auf die Mittagszeit zu und mein Frühstück war nicht sonderlich ausgiebig.

Frau Lembrecht verteilt die Kaffeetassen und schenkt anschließend ein. Sie stellt Milch und Zucker auf den Tisch und den Teller mit dem Toast. Von ihrem Mann kommt nicht einmal ein Dankeschön. Irgendwie habe ich den Eindruck, dass dieser Mensch nicht sonderlich nett ist. Zumindest geht er mit seiner Frau für meine Begriffe etwas schroff um. Vielleicht liegt es aber auch daran, dass er nicht ausgeschlafen ist, weil wir ihn geweckt haben.

Herr Lembrecht verschlingt die zwei Scheiben Toast geradezu und als er fertig ist, spült er den letzten Bissen mit seinem Kaffee hinunter. Es ist ja nicht so, dass ich langsam und genussvoll essen würde, doch das was Herr Lembrecht macht, ist ein einziges Schlingen.

Womöglich macht er das ja nur, weil er so schnell wie möglich fertig werden wollte. Er fühlt sich sichtlich unwohl in unserer Gegenwart. Es gefällt ihm noch immer nicht, dass er die Polizei im Haus hat.

Vielleicht weiß er ja mehr, bezüglich des Mordes. Allerdings hat er ein recht glaubhaftes Alibi. Immerhin war er auf Montage und hat die Zeit dort auch mit seinen Arbeitskollegen verbracht.

16. Kapitel

24. November, vormittags halb zwölf in der Nähe von Straubing

Erneut stehen wir vor dem Haus der Leinbichlers. Diesmal sind wir jedoch in Begleitung von Herrn Lembrecht hier. Nach dem Klingeln warten wir eine Weile, doch leider wird uns nicht aufgemacht.

Allerdings hört man von der Rückseite des Hauses Motorgeräusche. Vermutlich ist Herr Leinbichler dort hinten bei der Arbeit. Ich wechsle mit meinen Kollegen einen Blick und wir entschließen uns stumm, hinter dem Haus nachzusehen.

„Wo gehen wir jetzt hin?“, fragt Herr Lembrecht.

„Wir sehen nach, ob wir ihn in der Scheune finden“, erkläre ich ihm.

„Dürfen wir denn einfach so hier rumschnüffeln?“, hakt er misstrauisch nach.

„Wir schnüffeln nicht herum“, erwidere ich. „Wir suchen lediglich nach Herrn Leinbichler.

Um meine Worte zu unterstreichen, rufe ich nach Herrn Leinbichler. Da ich jedoch die Geräusche einer Kreissäge aus der Scheune vernehme, bleibt dieses Rufen natürlich ohne Erwiderung.

Entschlossen gehe ich auf die Scheune zu. Das Tor ist einen Spalt geöffnet. Gerade soweit, dass man hindurchgehen kann. Schon von draußen kann ich Herrn Leinbichler sehen, der, mit dem Rücken zu mir, an der Kreissäge steht und die Holzscheite schneidet.

Frau Leinbichler steht neben ihm und reicht ihm die Scheite. Um mich ihnen nähern zu können, muss ich warten, bis Herr Leinbichler etwas von der Kreissäge zurückgetreten ist. Ich möchte nicht riskieren, dass ich ihn erschrecke, während er an dem Werkzeug hantiert und sich womöglich dadurch noch verletzt.

Als er einen Schritt zurück macht und seiner Frau dabei behilflich ist ein schweres Holzscheit aufzuheben, nutze ich den Moment und mache mich bemerkbar. Die beiden schrecken zusammen und sehen mich anschließend überrascht an.

Ich fuchtle etwas in der Gegend herum, was Herrn Leinbichler dazu veranlasst die Kreissäge auszuschalten.

„Was machen Sie denn schon wieder hier?“, fragt er hörbar genervt.

„Wir haben Herrn Lembrecht dabei“, erkläre ich ihm. „Ihm haben Sie die Erlaubnis gegeben, dass er die Zielscheibe im Wald aufhängen darf.“

Die beiden sehen sich an und beinahe zeitgleich runzeln sie die Stirn.

„Ich habe den Mann noch nie gesehen“, entgegnet Herr Leinbichler.

„Das ist nicht Herr Leinbichler“, behauptet daraufhin Herr Lembrecht.

Ich wechsle mit meinen Kollegen einen irritierten Blick. Offensichtlich bin ich nicht der Einzige, der sich irgendwie etwas veräppelt vorkommt. Machen die beiden etwa Witze?

Ein kurzer Moment des Schweigens breitet sich aus, und es kommt mir so vor, als würde jeder von uns darauf warten, dass einer der beiden die Situation aufklärt. Doch die beiden Männer bleiben schweigsam und halten wohl an ihren Aussagen fest.

„Was meinen Sie damit?“, frage ich schließlich nach. „Natürlich ist das Herr Leinbichler.“

Herr Lembrecht schüttelt den Kopf.

„Nicht der Leinbichler, den ich kenne.“

Aufgrund dieser Aussage runzelt auch Herr Leinbichler die Stirn. Er kann mit diesen Worten wohl auch nichts anfangen.

„Mit welchem Herrn Leinbichler haben denn Sie gesprochen?“, hakt Simone nach.

„Der war viel jünger“, antwortet Herr Lembrecht.

„Kann es sein, dass sich jemand als Sie ausgegeben hat?“, frage ich Herrn Leinbichler.

„Warum sollte das denn jemand machen?“, entgegnet er stirnrunzelnd.

„Haben Sie denn Verwandtschaft, die Ihren Nachnamen tragen?“, fragt Simone.

„Mein Bruder“, antwortet er nickend.

„Der Leinbichler, den ich gefragt habe, war aber viel jünger“, wirft Herr Lembrecht ein.

„Wie viel jünger ungefähr?“, hake ich nach.

„Ich schätze, dass er noch keine dreißig war“, antwortet er.

Die Leinbichlers wechseln einen misstrauischen Blick.

„Das kann doch nicht sein“, murmelt Frau Leinbichler und sieht dabei ihren Mann ungläubig an.

Er schüttelt kaum merklich den Kopf.

„Wissen Sie, wer der besagte Herr Leinbichler sein könnte?“, hake ich nach.

„Unser Sohn vielleicht“, antwortet Frau Leinbichler zögerlich und ihr Blick wandert zwischen mir und ihrem Mann hin und her.

Dabei erweckt sie den Eindruck, als hätte sie Angst etwas Falsches zu sagen.

„Der war es sicher nicht, denn er hätte mir das gesagt“, wirft Herr Leinbichler sofort ein. „Außerdem ist er nur selten bei uns.“

„Wohnt er nicht mehr bei Ihnen?“

Bei meiner Frage schüttelt Frau Leinbichler den Kopf.

„Der ist schon vor fünf Jahren ausgezogen und wohnt mit seiner Freundin direkt in Straubing.“

„Wie sind Sie denn an den Namen des Waldbesitzers gekommen?“, fragt Hansi den Herrn Lembrecht.

„Ich bin nicht an den Namen gekommen. Der Mann war bei uns im Vereinsheim und hat sich angemeldet, weil er ebenfalls das Axtwerfen betreiben wollte. Da sind wir ins Gespräch gekommen und er hat mir gesagt, dass ich in seinem Wald eine Zielscheibe anbringen darf“, erklärt Herr Lembrecht. „Dann hat er mir die Stelle auf der Karte gezeigt, ich bin hingefahren und habe die Zielscheibe aufgehängt und anschließend habe ich im Vereinsheim die neue Zielscheibe in der Karte eingetragen.“

„Und Vornamen wissen Sie keinen?“, hake ich nach.

Er schüttelt den Kopf.

„Ich habe ihn auch seither nicht mehr im Vereinsheim oder auf unserem Übungsplatz gesehen“, antwortet er. „Vielleicht wollte er nur eine günstige Zielscheibe, damit er dort regelmäßig üben kann und sich nicht selbst eine kaufen muss.“

„Wir können das doch ganz einfach abklären, ob es Ihr Sohn war, oder sich ein Fremder für Sie ausgegeben hat“, wirft Simone ein. „Sie haben doch sicherlich ein Foto von Ihrem Sohn.“

Auffordernd sieht sie von Herrn Leinbichler zu seiner Frau und wieder zurück.

„Hier jetzt nicht, aber im Haus natürlich schon“, entgegnet Frau Leinbichler.

„Können wir gleich mal nachsehen?“, fragt Simone.

„Von mir aus", antwortet sie und klopft sich die Sägespäne von den Klamotten.

Wir folgen ihr ins Haus und auch Herr Leinbichler begleitet uns. Um die Schuhe nicht ausziehen zu müssen, bleiben wir im Flur stehen, während die Eheleute Leinbichler ins Wohnzimmer verschwinden.

Es dauert nicht lange, bevor sie mit einem Bilderrahmen zurückkommen und ihn an Simone überreichen. Sie wirft einen Blick darauf, bevor sie das darin enthaltene Foto Herrn Lembrecht zeigt.

„Ja, das ist der Mann", sagt dieser sofort ohne zu zögern.

„Sie wussten nichts davon?", frage ich Herrn Leinbichler misstrauisch.

Noch zuvor hat er behauptet, sein Sohn hätte ihn darüber informiert, wenn er solche Zugeständnisse gegeben hätte. Doch im Moment scheint der gute Herr Leinbichler selbst nicht so recht zu wissen, ob er sich vielleicht einfach in seinem Sohn getäuscht hat.

„Vermutlich hat er es vergessen", antwortet er schließlich ausweichend.

17. Kapitel

24. November, nachmittags halb fünf in Straubing

Wir stehen vor dem Haus von Herrn Leinbichler junior. Laut seinen Eltern sollte er mittlerweile von der Arbeit zu Hause sein und als wir den Klingelknopf drücken, dauert es tatsächlich nur kurz, bevor uns die Tür von einem jungen Mann, um die dreißig geöffnet wird.

Fragend sehe ich zu Herrn Lembrecht.

„Ja, das ist der Mann“, sagt dieser nickend.

„Grüß Gott Herr Leinbichler, hätten Sie einen Moment für uns, wir haben ein paar Fragen an Sie“, stellt Simone uns vor.

Natürlich zeigt sie ihm dabei auch ihren Dienstausweis, wobei er diesen kaum beachtet.

„Ich habe schon auf Sie gewartet“, entgegnet er und winkt uns hinter sich ins Haus.

Offensichtlich haben seine Eltern ihn schon angerufen und vorgewarnt. Wir folgen ihm und nehmen den angebotenen Platz auf dem Sofa ein.

„Es geht um die Zielscheibe im Wald“, sagt er von sich aus.

„Also haben Sie die Erlaubnis dazu gegeben?“, frage ich nach.

„Natürlich und bevor Sie fragen, beantworte ich auch gleich Ihre nächste Frage. Ich habe es meinen Eltern nicht gesagt, weil für mich sowieso klar war, dass sie nichts dagegen haben würden.“

„Haben Sie diese Zielscheibe denn auch zum Axtwerfen benutzt?“, hake ich nach.

„Natürlich, deswegen habe ich ja unseren Wald für deren Anbringung vorgeschlagen“, antwortet er.

„Sicherlich haben Sie davon gehört, dass im Wald Ihres Vaters, direkt in der Nähe der Zielscheibe ein Mann getötet wurde“, sagt Simone und ich achte ganz genau auf die Reaktion von Herrn Leinbichler auf diese Frage.

„Ja natürlich, aber was hat das denn mit der Zielscheibe zu tun?“, erwidert er.

„Das müssen wir noch herausfinden“, sagt Simone. „Sie könnten uns dabei behilflich sein, indem Sie uns ihre Axt aushändigen.“

„Warum wollen Sie denn meine Axt?“, fragt er irritiert.

„Wir möchten nur ausschließen, dass diese mit dem Mord in Zusammenhang steht.“

Bei meiner Erklärung runzelt Herr Leinbichler die Stirn.

„Verdächtigen Sie mich etwa?“, ruft er aufgebracht.

„Wir verdächtigen niemanden, wir ermitteln“, entgegnet Hansi schroff.

„Und für diese Ermittlungen brauchen Sie meine Axt?“, hakt er nach.

Ich nicke ihm zu und zucke dabei meine rechte Schulter.

„Also gut, von mir aus“, erwidert er. „Sie ist in der Garage.“

Er steht auf und deutet uns an ihn zu begleiten. Wir folgen ihm nach draußen. Als wir den Flur durchqueren, sehe ich mich um. Vielleicht hat der junge Herr Leinbichler hier ja auch eine Axt als Dekoration im Haus. Leider sind alle Wohnungstüren verschlossen, sodass ich keinen Blick in die einzelnen Zimmer werfen kann. Weder im Wohnzimmer noch im Flur gibt es Hinweise auf die Aufbewahrung einer Axt.

Im Flur hängen ein paar Fotos, auf denen Herr Leinbichler mit seiner Familie zu sehen ist. Zumindest gehe ich davon aus, dass es seine Familie ist. Immerhin hat er den Arm um die junge Frau neben ihm gelegt und sie hat ein kleines Kind auf dem Schoß.

Das ist vermutlich auch die Erklärung dafür, dass Herr Leinbichler die Axt im Haus nicht aufbewahrt. Ich würde auch keine solch gefährlichen Werkzeuge frei rumliegen lassen, wenn ein kleines Kind im Haus wohnen würden.

Als wir in der Garage ankommen, öffnet Herr Leinbichler einen Schrank, der an der Wand steht.

Darin befindet sich eine Axt, die er entnimmt und an uns übergibt.

„Hier, bitteschön!“

„Ist das Ihre einzige Axt?“, fragt Hansi nach.

„Ja, warum?“, hakt er nach und runzelt dabei die Stirn.

„Sie betreiben das Axtwerfen ja als Sport, da wäre es doch gut möglich, dass sie mehr als nur ein Sportgerät besitzen“, antwortet Hansi.

„Also ich habe nur diese eine Axt“, erwidert er sichtlich genervt.

Ich bin nicht sicher, ob ich ihm glauben kann. Doch im Moment gibt es keinen Hinweis darauf, dass er uns anlügt und letztendlich müssen wir froh sein, dass er uns ohne richterlichen Beschluss die Axt aushändigt. Er hätte uns auch einfach diese verweigern können.

Wir verabschieden uns von Herrn Leinbichler und fahren zurück zum Revier. Dort geben wir die Axt noch bei den Kollegen der Forensik ab, bevor ich mich auf den Nachhauseweg mache.

Daheim wartet Rosi auf mich und seufzt ungeduldig, als ich das Haus betrete.

„Wo bleibst du denn so lange?“, ruft sie aufgebracht.

„Was ist denn los?“, frage ich irritiert.

„Wir müssen zum Einkaufen“, antwortet sie sichtlich hektisch.

Ich sehe, dass Rosi bereits den Einkaufskorb bereitgestellt hat. Daneben liegt noch eine zusammenfaltbare Einkaufstasche. Ich befürchte, dass wir einen Großeinkauf vor uns haben.

„Du willst jetzt noch zum Einkaufen?“, frage ich und hoffe auf eine negative Antwort.

Ich möchte jetzt einfach nur die Beine hochlegen und nicht durch die Gänge des Supermarktes schleichen. Allerdings habe ich ihr versprochen, dass ich ihr im Haushalt und beim Einkauf helfe, solange ihr Fuß Probleme macht.

„Wir müssen für den Sonntag einkaufen, da kommt Robert mit der Familie zu Besuch. Oder hast du das etwa vergessen?“, fragt sie vorwurfsvoll.

„Nein natürlich nicht“, flunkere ich, denn gerade habe ich wirklich nicht daran gedacht. „Aber ich dachte wir fahren erst morgen.“

„Morgen ist Samstag“, entgegnet sie. „Hast du eine Ahnung wie viele Leute sich samstags in einem Supermarkt tummeln?“

Ich kenne meine Frau und daher bin ich mir ziemlich sicher, dass sie mich morgen sowieso nochmal losschickt, weil ihr noch etwas einfällt, dass sie noch braucht. Allerdings sind es dann nur noch Kleinigkeiten und kein Großeinkauf, was mir aber das Anstellen an der Kasse nicht ersparen wird. Vielleicht habe ich ja Glück, und mich lässt jemand vor, wenn ich nur ein paar Teile habe. Allerdings sind die Menschen einfach nicht mehr so zuvorkommend und freundlich, wie früher. Irgendwie habe ich manchmal den Eindruck, jeder denkt nur noch an sich selbst.

„Na dann."

Ich stoße seufzend den Atem aus, als ich die Taschen in den Korb lege und mit diesem das Haus verlasse. Rosi hinkt mir hinterher. Ich stelle den Korb in den Kofferraum und halte anschließend meiner Frau die Beifahrertür auf. Als sie im Auto sitzt, schlage ich die Tür zu und umrunde das Fahrzeug.

Nach einer kurzen Fahrt kommen wir beim Supermarkt an. Der Parkplatz ist ziemlich voll und das obwohl es schon abends ist. Ich frage mich, wie wir das früher gemacht haben, als die Läden um diese Zeit längst zu waren. Es ist fast ein Wunder, dass damals niemand verhungert ist.

„Sieht nicht so aus, als wäre nicht viel los", brumme ich.

„Glaub mir, morgen wäre es noch viel schlimmer", sagt Rosi, bevor wir das Auto verlassen.

Ich hole einen Einkaufswagen und verstaue darin den Einkaufskorb. Rosi humpelt neben mir her und legt die Lebensmittel in den Wagen, während ich diesen durch die Gänge schiebe. Meine Frau ist in ihrem Element, denn obwohl sie mit ihrem Fuß angeschlagen ist, füllt sie zielstrebig den Wagen. Kurz bevor wir bei der Kasse ankommen, ist der Wagen so voll, als hätten wir für eine Großfamilie eingekauft.

„Wer soll das denn alles essen?“, frage ich meine Frau.

„Was übrigbleibt, gebe ich Robert mit“, antwortet Rosi.

Plötzlich spüre ich einen Einkaufswagen, der mir in die Hacken fährt. Mit finsterer Miene drehe ich mich um. Da steht eine alte Frau, die mich frech angrinst, als wäre nichts geschehen. Ich bin nicht ganz sicher, ob sie es gar nicht mitbekommen hat, dass sie mir hinten reingefahren ist, oder ob sie jetzt einfach nur so tut, als könnte sie kein Wässerchen trüben. Vielleicht hat sie es sogar absichtlich getan, wobei ich ihr natürlich nichts unterstellen möchte.

Ich frage mich, warum sie ausgerechnet um diese Uhrzeit zum Einkaufen geht. Diese Frau ist Rentnerin und hätte den ganzen Tag Zeit, um einkaufen zu gehen. Aber nein, sie macht das ausgerechnet dann, wenn die Berufstätigen auch Zeit haben.

18. Kapitel

26. November, mittags halb zehn in Niederhaibach

Das Schnitzelklopfen macht richtig Spaß.

„Nicht so stark“, ruft meine Frau. „Du zerfledderst sie ja richtig.“

Natürlich hat meine Frau etwas an meiner Arbeit auszusetzen. Unter weiterer Anleitung meiner Frau würze ich das Fleisch nach dem Klopfen. Dann hole ich die weiteren Zutaten aus dem Kühlschrank und Schränken, während meine Rosi die Zwiebeln und Champignon schneidet.

„Jetzt musst du die Schnitzel zuerst im Mehl, dann Ei und zum Schluss in den Semmelbröseln wenden!“, sagt meine Frau, nachdem ich die drei Schüsseln bereitgestellt habe.

Natürlich hat sich unser Sohn ein Gericht ausgesucht, welches jede Menge Arbeit macht. Für gewöhnlich bekomme ich davon ja gar nichts mit, doch heute stehe ich dabei sinnbildlich in der ersten Reihe.

„Das ist ja eine ziemliche Patzerei“, murmle ich, als ich erst das dritte Schnitzel paniere und meine Fingerspitzen schon mit einer dicken Schicht Panade bedeckt sind.

„Wenn du das mit der Gabel machst, dann bleiben deine Finger sauber.“

Ich bin ja für jeden Tipp dankbar. Daher säubere ich meine Finger und greife zur Gabel. Leider funktioniert das nicht ganz so, wie ich mir das vorgestellt habe. Vermutlich fehlt mir einfach die Übung und ich ziehe es vor meine Finger zu benutzen.

„Jetzt nimmst du ja doch wieder die Finger“, sagt Rosi, als sie mir über die Schulter blickt.

„Mit der Gabel klebt mir das Fleisch immer zusammen und ich mache noch eine größere Sauerei, als wenn ich meine Finger benutze.“

„Dir fehlt eindeutig die Übung“, lacht Rosi.

Hoffentlich ist das keine Drohung. Meine Frau ist im Stande und beschließt, dass wir zukünftig regelmäßig gemeinsam kochen. Darauf habe ich allerdings nicht wirklich große Lust.

„Soll ich jetzt Öl in die Pfanne geben?“, frage ich Rosi.

„Nein, dafür ist es noch viel zu früh“, antwortet sie. „Zuerst müssen wir den Spätzleteig und die Soße machen.“

„Also dann, was soll ich zuerst machen?“

Rosi sagt mir die Zutaten für die Spätzle, die ich abwiege und in eine Schüssel gebe. Anschließend mixt Rosi dies durch und stellt die Schüssel beiseite. Mit der Soße verfahren wir gleichermaßen, wobei ich meiner Frau das Abschmecken überlasse.

Die Zeit vergeht wie im Flug, was mich wirklich überrascht. Eigentlich habe ich befürchtet, dass sich der Vormittag unendlich ziehen würde, doch das Gegenteil ist der Fall. Was mich zudem verwundert, ist die Tatsache, dass ich mich mit meiner Frau sogar recht gut verstehe.

„Ich glaube, ich höre ein Auto“, sagt Rosi plötzlich. „Kannst du ihnen die Haustür aufmachen?“

Natürlich komme ich ihrer Bitte sofort nach und eile in den Flur. Die kleine Marie springt mir in die Arme und ich bin froh, dass mein Rücken das heute mitmacht. Fest drücke ich sie an mich, denn ich habe sie schon so lange nicht mehr gesehen.

„Schön, dass ihr da seid“, sage ich zu Robert und seiner Frau. „Wir war die Fahrt?“

„Alles ruhig“, antwortet Robert. „Sonntags sind die Straßen nicht so stark befahren.“

„Dann kommt mal rein, eure Mutter wartet schon“, sage ich zu ihnen.

Marie läuft voran in die Küche, wo sie überschwänglich ihre Oma begrüßt.

„Wie geht es euch denn?“, frage ich meinen Sohn und seine Frau, während Rosi die Kleine begrüßt.

„Alles bestens und wie läuft es bei euch?“, entgegnet Robert. „Gehst du noch immer auf Verbrecherjagd?“

„Natürlich.“

„Du kannst einfach deine Pension nicht genießen oder?“

Mein Sohn und seine Frau lachen.

„Was würde denn die Polizei ohne mich machen?“

„Außerdem nervt er mich dann nicht die ganze Zeit“, ruft meine Frau aus der Küche. „Das ist ganz gut so.“

Ich werfe ihr einen vorwurfsvollen Blick zu, kann mir aber letztendlich ein Schmunzeln nicht verkneifen. Mein Sohn lacht hellauf.

„Das glaube ich gerne Mama.“

„Entschuldigt mal, ihr tut ja gerade so, als wäre ich eine Nervensäge.“

„Das würden wir doch niemals wagen“, sagt Robert schmunzelnd.

„Also ich schon“, sagt Rosi und reckt ihr Kinn.

„Du bist derzeit auf meine Hilfe angewiesen, also wäre ich an deiner Stelle nicht so frech“, warne ich Rosi mit erhobenem Finger.

Natürlich amüsiert sie sich lediglich über meine Worte, die auch gar nicht ernst gemeint waren. Auch Robert und seine Frau lächeln und finden unseren kleinen Schlagabtausch recht unterhaltsam. Nur die kleine Marie ignoriert uns und packt ihre Tasche mit den Spielsachen aus, die sie dabeihat.

„Marie, mach das doch bitte im Wohnzimmer“, fordert ihre Mutter sie auf.

„Aber ich will hier bei euch bleiben“, erwidert sie und setzt dabei eine trotzige Miene auf.

„Dann nimmst du aber nur ein oder zwei Spielsachen aus der Tasche!“

Wenig begeistert nickt die Kleine schließlich, denn sie weiß, dass ihre Mutter sie ansonsten konsequent ins Wohnzimmer schicken würde.

„Jetzt essen wir eh gleich“, wirft Rosi ein. „Setzt euch!“

Ich habe den Tisch schon gedeckt und auch die Schnitzel warten schon fertig im Ofen. Die Spätzle haben wir schon vorgekocht und jetzt müssen wir sie nur noch kurz ins heiße Wasser werfen, was Rosi auch gerade tut.

„Rosi setz dich an den Tisch und schone deinen Fuß, ich helfe Karl“, bietet meine Schwiegertochter an.

Mit ihr haben wir wirklich Glück gehabt. Wenn ich da mitbekomme, was unsere Freunde oft für Probleme mit ihren Schwiegerkindern haben, dann können wir uns nur glücklich schätzen, dass Robert eine so gute Wahl getroffen hat.

Natürlich finden wir nicht alles an ihr gut, was vermutlich auch gar nicht möglich ist. Aber zumindest ist sie gut zu unserem Sohn und unserer kleinen Enkelin. Außerdem ist sie immer recht freundlich und hilfsbereit. Wir können uns also wirklich nicht beschweren. Auch wenn wir anfangs oft unsere Differenzen hatten, ist sie uns mittlerweile schon ans Herz gewachsen.

„Ach das geht schon“, lehnt Rosi natürlich die Hilfe ab. „Ihr seid unsere Gäste und müsst nichts machen.“

„Jetzt Mama lass dir doch helfen, wenn du schon verletzt bist!“

„Hör auf deinen Sohn“, stimme ich ihm zu.

Rosi stößt seufzend den Atem aus und gibt schließlich nach.

Meine Schwiegertochter gießt die Spätzle ab und portioniert diese auf den Tellern, bevor ich die Schnitzel und die Champignonsoße draufgebe. Robert verteilt die Teller anschließend auf dem Tisch. Wenn man ein bisschen zusammenhilft, dann geht alles gleich viel schneller und auch ohne Rosis Hilfe.

„Dann lasst es euch schmecken!“, sagt Rosi, bevor wir alle zum Besteck greifen.

„Oh, das ist köstlich“, seufzt Robert genüsslich.

Seine Frau stimmt ihm zu und die kleine Marie bestätigt dies, indem sie fleißig das Essen hinunterschlingt.

„Iss nicht so hastig!“, tadelt ihre Mutter sie.

„Aber es ist so lecker“, erwidert Marie mit vollem Mund.

„Da hast du allerdings recht“, stimme ich ihr lachend zu. „Kein Wunder, hat ja auch der Opa gekocht.“

Meine Frau räuspert sich und wirft mir einen tadelnden Blick zu.

„Zumindest habe ich der Oma geholfen“, verbessere ich mich.

19. Kapitel

27. November, morgens halb acht in Straubing

Als ich im Revier ankomme, hoffe ich auf eine positive Nachricht der Kollegen. Vielleicht haben wir ja Glück und die Axt vom Herrn Leinbichler junior ist unsere gesuchte Tatwaffe.

„Guten Morgen“, begrüße ich meine Kollegen, als ich unser Büro betrete.

„Ja Karl, du bist ja heute früh dran“, erwidert Hansi.

„Ich bin neugierig“, gebe ich zu. „Haben sich die Kollegen schon gemeldet?“

Simone schüttelt den Kopf und genau zu dem Zeitpunkt, kündigt sich durch einen kurzen Ton eine Nachricht an.

„Ah, vielleicht ja jetzt“, ruft Simone erwartungsvoll.

Sie ergreift ihre Maus und drückt auf den Tasten herum, bevor sie nickt.

„Ja, das ist von den Kollegen“, murmelt sie und heftet ihren Blick auf den Bildschirm.

„Und was schreiben sie?“, frage ich neugierig, als sie nicht laut vorliest.

Sie stößt seufzend den Atem aus und verzieht ihre Mundwinkel.

„Die Axt ist nicht unsere Tatwaffe“, antwortet sie schließlich enttäuscht.

„Das habe ich mir schon gedacht“, murmle ich nachdenklich.

„Und jetzt?“, fragt Hansi hörbar genervt. „Sollen wir vielleicht jetzt alle Vereinsmitglieder abklappern und ihre Äxte überprüfen?“

„Ich glaube ihm nicht, dass es seine einzige Axt war“, sage ich zu meinen Kollegen.

„Du denkst der Leinbichler junior ist unser Täter?“, fragt Simone.

„Wer, außer den Leinbichlers hätte ein Motiv?“, entgegne ich. „Immerhin wollte unser Opfer Holz bei ihnen stehlen. Ich glaube er wurde von dem Leinbichler junior dabei erwischt und vermutlich kam es dann zum Streit.“

„Davon sind wir ja ganz zu Anfang auch ausgegangen, nur dass wir da noch nichts von dem Leimbichler junior wussten“, stimmt Simone mir gewissermaßen zu.

„Da dachten wir noch, es wäre der Senior gewesen“, sagt nun auch Hansi. „Aber in dem Schrank, aus dem er die Axt holte, war keine andere mehr. Ich habe extra aufgepasst, als er die Schranktüren öffnete.“

„Wenn er der Täter ist, wäre er auch nicht so dumm gewesen, die Tatwaffe in dem Schrank zu verstecken“, entgegnet Simone.

„Wurden denn Spuren von der Axt, die er uns gegeben hat auf der Zielscheibe gefunden?“, frage ich Simone.

„Warte, soweit habe ich den Bericht noch nicht gelesen“, antwortet sie und konzentriert sich wieder auf ihren Bildschirm.

Es dauert nicht lange, bis sie die Antwort auf meine Frage gefunden hat. Sie wendet mir ihr Gesicht zu und zieht ihre linke Augenbraue in die Stirn.

„Keine Metallspuren der Axt auf der Zielscheibe“, sagt sie misstrauisch.

„Dann muss er ja noch eine Axt haben“, fasse ich zusammen.

„Sicher, er hat uns gegenüber doch zugegeben, dass er die Zielscheibe selbst zur Übung genutzt hat“, wirft Hansi ein.

„Ich würde sagen, wir haben unseren Täter. Die Frage ist nur, wie bekommen wir ein Geständnis aus ihm raus.“

Bei meinen Worten verengt Hansi nachdenklich seine Augen und Simone runzelt die Stirn.

„Wir könnten ihn zur Rede stellen“, schlägt Hansi vor.

„Dann würde er sicher alles abstreiten“, entgegne ich.

„Hast du eine bessere Idee?“, hakt er nach.

„Bekommen wir einen Durchsuchungsbefehl?“, frage ich und sehe zu Simone.

„Wir können es versuchen, aber das dauert“, antwortet sie.

„Wenn wir doch nur den Wagen des Opfers finden würden“, murmle ich nachdenklich.

„Den hat er doch sicherlich irgendwo versteckt“, sagt Simone stirnrunzelnd. „Vielleicht hat er ja irgendwo eine Garage oder dergleichen gemietet.“

„Der Leimbichler senior hat doch einen recht großen Hof. Vielleicht hat er ihn ja dort irgendwo versteckt.“

Bei meinen Worten nickt Simone, bevor sie sich wieder ihrem Bildschirm zuwendet.

„Das können wir rausfinden.“

Ich stelle mich hinter sie und sehe über ihre Schulter, als sie eine Karte aufruft, und die Adresse von den Leimbichlers senior eingibt. Sie erkundet die Umgebung und auch die Waldgrundstücke, die ihnen gehören. Ihre Suche dauert eine ganze Weile und sie sucht wirklich jeden Zentimeter genau ab. Macht den Kartenausschnitt größer, dann wieder kleiner und immer so weiter.

Sie ist wirklich sehr geduldig, wobei ich langsam die Hoffnung verliere. Gerade als ich mich abwenden und zurück zu meinem Schreibtischstuhl gehen möchte, entlässt sie einen spitzen Laut.

„Da steht doch irgendein Gebäude.“

Simone vergrößert die Bildschirmansicht und auch wenn die Satellitenansicht nur von oben ist, kann man klar erkennen, dass da am Waldrand ein kleines Gebäude steht.

„Wir müssen hinfahren und nachsehen“, sage ich entschlossen.

„Ohne Durchsuchungsbefehl?“, fragt Simone.

„Vielleicht ist es ja nur eine alte Scheune und wenn wir Glück haben können wir einen Blick durchs Fenster erhaschen oder das Tor etwas aufdrücken.“

Bei meinem Vorschlag nicken beide unisono und wir machen uns umgehend auf den Weg. Simone agiert als Navigator, während ich es vor Anspannung kaum aushalte.

Als wir schließlich dort ankommen, stehen wir vor einem halb zusammengefallenen Schuppen, der schon sehr in die Jahre gekommen ist. Es sieht aus, als würde es sich um einen alten Unterstand für Tiere handeln. Allerdings wirkt es so, als würde dieser Schuppen schon längere Zeit nicht mehr genutzt. Zumindest scheint sich niemand mehr darum zu kümmern.

Hansi parkt den Wagen am Rand des Weges. Als wir aussteigen, sehe ich mich um. Es ist niemand weit und breit zu sehen. Kein Wunder, immerhin sind wir hier abseits sämtlicher Zivilisation.

Wir nähern uns der Scheune, welche zwar keine Fenster hat, durch die wir einen Blick ins Innere werfen könnten, doch die Tore lassen sich sicher ein

Stück auseinanderschieben, auch wenn wir keinen Schlüssel dafür haben.

Hansi stemmt sich mit der Schulter gegen das eine Teil des Tores. Tatsächlich gelingt es ihm, die Tore ein ganzes Stück auseinanderzudrücken und er wirft einen Blick durch den Spalt.

„Das glaubt ihr nicht“, sagt er. „Da steht tatsächlich ein Auto und ein Anhänger in der Scheune.“

„Das Auto des Opfers?“, hake ich nach.

„Es hat nicht die richtige Farbe“, antwortet er. „Aber ansonsten passt die Beschreibung genau.“

„Dann hat er ihn vielleicht neu lackieren lassen, um seine Tat zu vertuschen“, wirft Simone ein.

„Wir brauchen die Kollegen der Spusi“, sagt Hansi.

„Und einen Gerichtsbeschluss“, mahnt Simone.

Hansi knallt mit einem Ruck seine Schulter gegen das Tor, sodass es aufspringt.

„Aber sieh doch, das Tor ist ja offen.“ Hansi setzt eine unschuldige Miene auf. „Das mit dem Beschluss hat sich erledigt. Immerhin haben wir es hier nicht mit abgeschlossenem Privatvermögen zu tun und gewissermaßen ist Gefahr in Verzug.“

„Da hat er recht“, stimme ich ihm zu und sehe zu Simone. „Der Täter könnte die Spuren verwischen, bevor wir einen Beschluss haben.“

Simone stößt seufzend den Atem aus und rollt mit den Augen, bevor sie ihr Handy zückt und die Kollegen zur Verstärkung ruft.

20. Kapitel

29. November, morgens halb zehn in Straubing

Wir haben alle Beweise zusammen und Herr Leimbichler junior sitzt mit seinem Anwalt im Verhörraum. Sicher informiert dieser ihn gerade darüber, dass die Beweislast erdrückend ist.

Unsere Kollegen konnten das in der Scheune gefundene Auto als Eigentum unseres Opfers identifizieren. Herr Leimbichler hat es offensichtlich selbst überlackiert. Aber für unsere Kollegen war es natürlich trotzdem ein Leichtes herauszufinden, um welches Auto genau es sich handelt, auch wenn Herr Leimbichler sogar versuchte die Fahrzeugnummer unkenntlich zu machen.

Glücklicherweise war er darin nicht sonderlich sorgfältig und selbst wenn, das Auto war übersät von Fingerabdrücken und DNA-Spuren unseres Opfers und auch von Herrn Leimbichler junior. Außerdem haben wir auch die verschollene Axt im Kofferraum des Wagens gefunden, die sich als Tatwaffe identifizieren ließ. Jetzt bräuchte er schon ein Wunder, um den Hals aus der Schlinge zu bekommen. Letztendlich wird ihm keine Ausrede dieser Welt helfen, um einer Verurteilung wegen Mordes zu entgehen.

„Wollen wir?“, fragt Simone in die Runde.

Als Hansi und ich ihr zunicken, öffnet sie die Tür zum Verhörraum. Herr Leimbichler junior sitzt mit hängendem Kopf neben seinem Anwalt. So wie es aussieht hat der Anwalt ihm seine begrenzten Möglichkeiten aufgezeigt und diese haben ihm wohl nicht gefallen.

Wir setzen uns gegenüber von den beiden an den Tisch und sehen sie erwartend an. Mal sehen, ob wir mit der Befragung beginnen müssen, oder Herr Leimbichler gleich ein Geständnis ablegt. Wenn sein Anwalt gut ist, dann wird er seinem Mandanten sicherlich erklärt haben, dass ein Geständnis in diesem Fall am besten ist. In seiner Situation ist leugnen zwecklos und seine Tat einzugestehen, würde sich zumindest strafmildernd auswirken.

„Mein Mandant möchte gerne eine Aussage machen“, sagt der Anwalt und nickt seinem Mandanten aufmunternd zu.

„Wir sind ganz Ohr“, erwidert Simone und lehnt sich in ihrem Stuhl zurück.

Es fällt Herrn Leimbichler sichtlich schwer der Aufforderung seines Anwalts nachzukommen. Das Geständnis geht ihm nur sehr schwer über die Lippen.

„Ich wollte das nicht“, sagt er schließlich. „Aber der Kerl ist auf mich losgegangen. Ich habe mich nur gewehrt.“

„Sie wollen doch nicht behaupten, dass sie Herrn Hainbucher mit einer Axt aus Notwehr den Schädel eingeschlagen haben?“, fragt Hansi ihn vorwurfsvoll.

„Der Angriff hat mich total überfordert und ich habe einfach ergriffen, was gerade in der Nähe war“, versucht er sein Handeln zu erklären.

„Und das war ausgerechnet die Axt?“, hake ich nach. „Hätte es da nicht auch ein Ast oder dergleichen getan?“

„Das war das Erste, was ich in die Finger bekommen habe“, murmelt er und macht dabei den Eindruck, als hätte er wirklich ein schlechtes Gewissen.

„Warum hat Herr Hainbucher Sie denn überhaupt angegriffen?“, fragt Simone.

Wie immer ist sie die Ruhe in Person. Ihre Stimme ist ruhig und gefasst und nach außen wirkt sie unheimlich professionell. Doch Hansi und ich wissen, dass es bei Simone innerlich immer völlig anders aussieht. Da ist sie immer sehr angespannt, vor allem, wenn wir kurz davor sind einen Mordfall aufzuklären.

„Ich habe ihn dabei erwischt, wie er unser Holz stehlen wollte und da habe ich ihn natürlich zur Rede gestellt“, erzählt er überaus gefasst. „Er hat mir vorgewinselt, dass er Kinder zu Hause habe, die frieren und nicht genügend Geld, um Holz zu kaufen. Er wollte, dass ich ihm das Holz schenke.“

„Was Sie natürlich nicht getan haben“, sagt Hansi und versucht dabei gar nicht mal den Vorwurf in seiner Stimme zu unterdrücken.

„Wer schenkt denn mir etwas?“, entgegnet er schnippisch.

Sieht aus als hätten wir es mit einem überaus mitfühlenden Menschen zu tun. Wenn man bedenkt, dass er wegen ein paar Holzscheiten einen Menschen getötet hat, dann wird mir geradezu übel. Noch dazu, da die Familie Leimbichler offensichtlich mehr als genug Holz hat. Aber es gibt einfach Menschen, die können noch so viel haben, sie sind einfach nicht zufrieden oder bereit zu teilen.

„Sie haben ihn also mit einer Axt erschlagen, weil sie ihm kein Brennholz schenken wollten?“

Bei meiner Frage wirft er mir einen finsteren Blick zu.

„Er hätte einfach abhauen können, aber er hat seinen Anhänger weiter beladen, als wäre ich überhaupt nicht da.“

„Also hat er Sie gar nicht angegriffen?“, hakt Simone sofort nach.

Unschlüssig sieht er zu seinem Anwalt. Dieser wirft ihm einen aufmunternden Blick zu.

„Ich wollte ihn zurückhalten und daran hindern, dass er weiter unser Holz stiehlt, doch er schubste mich zurück. Da sind mir die Nerven durchgegangen“, gibt er schließlich zu.

Als Notwehr wird dies vor Gericht sicherlich nicht durchgehen und auch der Anwalt scheint nicht ganz so glücklich, über die Wortwahl seines Mandanten zu sein.

Der Rest ist nur noch reine Berichtaufnahme und dann ist unsere Arbeit hier beendet. Für den Rest ist der Staatsanwalt zuständig und ich hoffe wirklich, dass dieser Mann für seine Tat lange hinter Gitter wandert.

„Warum waren Sie überhaupt dort?“, hake ich nach.

„Ich war zum Üben dort.“

„Deswegen hatten Sie auch die Axt dabei?“

Bei Simones Frage nickt er und presst anschließend die Lippen aufeinander.

Ich glaube ihm sogar, dass er die Tat nicht geplant hatte. So wie es aussieht, ist der Mann einfach nur sehr aufbrausend und sehr gewaltbereit. Als Herr Hainbucher nicht sofort auf Herrn Leimbichlers Forderung reagiert hat, rastete dieser wohl so sehr aus, dass er überhaupt nicht mehr wusste, welche Folgen seine Taten haben würden.

Vielleicht wollte er den Mann ja wirklich nicht töten, doch es hätte ihm bewusst sein müssen, dass die Gefahr sehr groß ist, wenn er mit einer Axt auf dessen Schädel einschlägt. Aber wie es aussieht, hatte er die Kontrolle über sich selbst und seine Taten völlig verloren. So wie ich ihn einschätze, war er in einer Art Rausch, der ihn nicht mehr denken ließ.

Als wir die Aussage aufgenommen haben und unsere Arbeit beendet ist, verlassen wir den Verhörraum und auf dem Weg ins Büro nehmen wir uns noch eine Tasse Kaffee mit. Eigentlich sollten wir ja mit etwas Härterem auf die Lösung des Falls anstoßen. Aber um diese Tageszeit tut es auch eine Tasse Kaffee.

Als wir wieder im Büro sind, lehnt Hansi sich in seinem Schreibtischstuhl zurück und nippt an seiner Kaffeetasse.

„Da will uns doch der Kerl glatt weismachen, dass er in Notwehr gehandelt habe."

„Dabei ist er einfach nur ein Geizhals, der den Hals nicht vollkriegen kann", wirft Simone ein und sieht dabei recht finster drein.

„Wegen so einem gierigen Kerl ist die Frau jetzt alleine mit drei Kindern", stimme ich ihnen grimmig zu.

„Aber zumindest wissen wir jetzt warum und durch wen er den Tod fand", murmelt Hansi.

„Ein wirklicher Trost ist das sicherlich auch nicht für seine Familie", sagt Simone seufzend.

„Simone, du musst lernen, dir die Arbeit nicht immer so zu Herzen zu nehmen."

Bei meinen Worten zuckt sie mit den Schultern.

„Das ist nicht so einfach."

„Ich weiß, aber das macht dich auf Dauer kaputt."

Hansi nickt zustimmend.

„Ich arbeite daran“, sagt sie nach einer Weile des Schweigens.

Für mich ist jetzt erst einmal wieder etwas Freizeit angesagt. Ich werde meine Pension genießen, zumindest bis ich hier wieder gebraucht werde.

ENDE

Impressum

Elisa Lark
c/o Werneburg Internet Marketing und Publikations-Service
Philipp-Kühner-Straße 2
99817 Eisenach

E-Mail: elisa-lark@freenet.de

Vielen Dank,

für den ehrlichen Erwerb meines Buches. Ich hoffe die Geschichte um den pensionierten Polizisten Karl Ramsauer hat dir gefallen.

Falls dem so ist, würde ich mich sehr freuen, wenn du dir die Zeit nehmen würdest eine Rezension zu schreiben.

Deine Elisa Lark

Glossar

Kanapee:	Sofa, Couch
Krautwickerl:	Kohlrouladen
Hamperer:	Nichtsnutz
lagg:	abgestanden
Diandl:	Mädchen
Schwammerlsuppe:	Pilzsuppe
Batz:	Dreck
Bissgurke:	anstrengende, nervige Frau
Preiß:	Menschen, die nicht bayrisch sprechen oder nicht aus Bayern kommen
Hallodri:	Weiberheld, hinter jedem Rock her
Sulze:	gebratenes kaltes Fleisch in saurem Gelee

Hundstage:	Tage, an dem es einem schlecht geht
Spezi:	Freund, Kumpel
Watterer:	Kartenspiel
ausschoffen:	Spielzug beim Kartenspiel (Watten)
Hagelstegga:	Gehstock

Wenn ihr wissen wollt, ob der Ramsauer weiterhin auf Verbrecherjagd geht, dann haltet die Augen nach seinem nächsten Fall offen. Infos und Neuigkeiten gibt's auf meiner Facebook-Seite.

Das Böse schläft nie …

In diesem Sinne, bis zum nächsten Mal!

Printed in Poland
by Amazon Fulfillment
Poland Sp. z o.o., Wrocław

30020548R00077